Autor _ Xavier de Maistre
Título _ Viagem em volta
do meu quarto

Copyright _ Hedra 2016
Tradução© _ Sandra M. Stroparo
Ed. consultadas _ *Oeuvres complètes du Comte Xavier de Maistre: édition précédée d'une notice de l'auteur par M. Sainte Beuve (1839)*. Paris: Garnier Frères, 1889.
Oeuvre complète. Paris: Éditions du Sandre, 2005.
Título original _ *Voyage autour de ma chambre* & *Expédition nocturne autour de ma chambre*
Corpo editorial _ Adriano Scatolin
Alexandre B. de Souza,
Bruno Costa, Caio Gagliardi,
Fábio Mantegari, Iuri Pereira,
Jorge Sallum, Oliver Tolle,
Ricardo Valle, Ricardo Musse

Dados _

Dados Internacionais de Catalogação na Publicação (CIP)

M193 Maistre, Xavier de (1763 – 1852)
Viagem em volta do meu quarto. / Xavier de Maistre. Tradução e organização de Sandra M. Stroparo. — São Paulo: Hedra, 2009. 144 p.

ISBN 978-85-7715-134-9

1. Literatura Francesa. 2. Romance. 3. França. 4. Revolução Francesa. 5. Filosofia. 6. Psicologia. I. Título. II. Xavier de Maistre. III. Stroparo, Sandra M., Tradutora.

CDU 840
CDD 840

Elaborado por Wanda Lucia Schmidt CRB-8-1922

Direitos reservados em língua portuguesa somente para o Brasil

EDITORA HEDRA LTDA.
Endereço _ R. Fradique Coutinho, 1139 (subsolo)
05416-011 São Paulo SP Brasil
Telefone/Fax _ +55 11 3097 8304
E-mail _ editora@hedra.com.br
Site _ www.hedra.com.br
Foi feito o depósito legal.

Autor _ Xavier de Maistre
Título _ Viagem em volta
do meu quarto
Organização e tradução _ Sandra M. Stroparo
São Paulo _ 2016

Xavier de Maistre (Chambéry, 1763–São Petersburgo, 1852) nasceu em família nobre, na Savóia hoje francesa, e teve uma educação refinada. Interesses variados marcaram profundamente sua vida e sua obra. Na juventude chegou a interessar-se pelas novas invenções e foi um dos primeiros do seu país a fazer um voo de balão. Mas logo alista-se no exército italiano e a disciplina militar acaba por conduzir sua vida a partir de então. Passou algum tempo na Itália, onde sua família também fugia da Revolução Francesa, e depois se estabeleceu em São Petersburgo. Anos mais tarde, a Rússia invadida por Napoleão, Xavier de Maistre juntou-se novamente às fileiras que bateriam o imperador francês, participando dos embates até Waterloo. Casou-se com uma fidalga russa com quem teve quatro filhos que perdeu cedo. Embora a pintura tenha sido sua grande paixão, foi a literatura, e especialmente a *Viagem em volta do meu quarto* e sua continuação, a *Expedição noturna em volta do meu quarto*, que fez com que alcançasse fama e reconhecimento. Sua *Viagem...* é lembrada por Machado de Assis na dedicatória do seu *Memórias póstumas de Brás Cubas*.

Viagem em volta do meu quarto foi publicado pela primeira vez no final do século XVIII. O autor, em prisão domiciliar, resolve fazer da escrita do texto uma oportunidade de viagem. Especulativa, bem humorada, a antiépica criada por Xavier de Maistre é um grande passeio pela alma do narrador. O individualismo nascente, imposições políticas da época (a Revolução Francesa é um fato recente e a família nobre do autor sofreu as consequências desse momento), discussões filosóficas, mulheres... tudo é tema para reflexão enquanto o narrador olha para suas quatro paredes. O tom geral é bastante irônico, mas a exploração psicológica da consciência, juntamente com um estilo que cria digressões intermináveis aparentemente sem objetivo, aproximam-no do *A vida e as opiniões do cavalheiro Tristram Shandy* (1767) de Sterne, a grande – e declarada – influência desse texto.

Expedição noturna em volta do meu quarto foi publicado no começo do século XIX, agregando-se ao primeiro texto, continuando a mesma proposição. Segue-se o mesmo modelo, a narrativa parte do confinamento do quarto (embora, desta vez, sem as implicações policiais) para um passeio pelas paisagens pessoais do narrador, ainda que neste texto a visão do céu e de uma sua vizinha motive boa parte da narrativa. A diferença de estilo em relação ao primeiro texto é, no entanto, clara, e a objetividade apresenta a leveza romântica que o novo século já pedia.

Sandra M. Stroparo é graduada em Letras/Francês pela Universidade Federal do Paraná (UFPR), onde também fez o mestrado em Letras. Trabalha como professora de Teoria Literária e Literatura Brasileira na UFPR desde 1998. Dentre alguns trabalhos de tradução, publicou *Axël*, de Villiers de L'Isle Adam, pela Editora UFPR. É atualmente doutoranda em Teoria Literária pela Universidade Federal de Santa Catarina (UFSC), onde desenvolve um trabalho de estudo e tradução da correspondência de Stéphane Mallarmé.

SUMÁRIO

Introdução, por Sandra M. Stroparo   9

VIAGEM EM VOLTA DO MEU QUARTO   23

Viagem em volta do meu quarto   25

Expedição noturna em volta do meu quarto   87

INTRODUÇÃO

Viagem em volta do meu quarto e *Expedição noturna em volta do meu quarto*, embora se completem, são obras escritas com um espaço de tempo considerável entre si. A primeira foi publicada em 1794[1] e sua continuação apareceu somente em 1825. O intervalo de 31 anos entre os dois relatos deixou marcas interessantes que podem ser percebidas, se não nos temas desenvolvidos e em uma melancolia quase permanente na *Expedição noturna...* – apesar de algumas situações descritas beirarem muitas vezes o absurdo cômico –, especialmente nas diferenças de linguagem entre os dois textos. Grande admirador de Laurence Sterne, que é a principal referência para esta obra, o autor deixa a retórica do século XVIII mais evidente na *Viagem...*, nos circunlóquios e repetições do narrador. No segundo livro a linguagem está mais leve, mais fluente, as frases se organizam de maneira mais clara.

Os dois textos, a *Viagem...* e a *Expedição...* – ou as duas partes de um só, como geralmente são apresentados hoje – são discursos ficcionais que narram exatamente o que os títulos indicam: uma viagem feita dentro de um quarto. Não se trata, claro, de um romance de aventuras.

Os romances de viagem estavam em voga na Europa. Na verdade, desde as narrativas de Marco Pólo, e depois com a descoberta da América, o europeu estava fascinado pela possibilidade da evasão. Já no século XIX, durante o romantismo, a viagem será inclusive tema romanesco: a

---

[1] Esta é a data do anúncio feito em Turim, mas a data real é 1795, quando Joseph de Maistre providencia a edição em Lausanne, na Suíça.

viagem como forma de construção de conhecimento, a viagem como processo de amadurecimento do herói, a viagem fantástica e de ficção futurista, a viagem como evasão.

Mas esta, proposta pelo narrador de Xavier de Maistre, é diferente. São ao menos três capítulos gastos, no primeiro volume, para defender esse método intramuros e tentar explicá-lo como interessante e produtivo. O leitor pode não se convencer logo no início, mas a companhia do narrador não será das piores e para o nosso tempo, mais consciente das várias possibilidades de *trips* inventadas e provocadas por nós, considerar uma viagem puramente intelectual e especulativa não gera dificuldade. A metáfora que se cria, claro, é literária, ou, em alguns momentos mais inspirados, de discussão filosófica – especialmente se usamos o sentido largo que o século XVIII usou para a filosofia. Assim, nada mais peculiar ao século XVIII que uma obra que combina pretensões intelectuais e discussões sobre a natureza do homem e da sociedade sua contemporânea com o mais puro tom mundano do discurso de corte. Uma mostra divertida desse convívio é, por exemplo, a descrição de um sonho que afligiu o narrador, feita no capítulo XLII.

O segundo volume, a *Expedição...*, no entanto, será mais introspectivo. Podemos nos perguntar: mais que uma obra escrita sobre o próprio quarto? E na expedição noturna há inclusive uma janela aberta, o olhar passeia pelas estrelas assim como pela sacada próxima onde está uma bela vizinha... Mas há mais "exterior" no cenário ao mesmo tempo em que desejos, alegrias e frustrações são tratados a partir sempre de uma crescente subjetividade. A linguagem é mais direta, a frase é menos sinuosa: o século XIX prefere sentenças menos tortuosas... e a individualidade passa a ser explorada. Dessas particularidades emerge finalmente um texto mais pessoal que o do primeiro volume e, condizendo com algumas das reflexões desenvolvidas, mais melancólico.

A vida do autor nos dá pistas para vários temas desenvolvidos em suas obras, embora alguns dados da sua biografia não sejam muito precisos. Começamos com a data de seu nascimento, por exemplo, que varia entre 1760 e 1763, sendo essa última, aparentemente, a mais correta.

Nasce em Chambéry, naquele momento capital dos estados da Savóia, em uma família nobre. A Savóia tem uma história autônoma que remonta à Idade Média e no século XV torna-se um estado independente. A Renascença francesa de Francisco I não tarda, no entanto, a dividir os poderes na região, e mais tarde, no período entre 1792 e 1815, e então desde 1860, a maior parte da região da antiga Savóia torna-se francesa.

O berço nobre garantiu-lhe uma educação sofisticada, sendo a própria família, aparentemente, o primeiro grande estímulo. Seus biógrafos, no entanto, são unânimes em descrevê-lo como um diletante dono de uma vida itinerante e algo indolente, especialmente em contraste com o restante da família. O pai, magistrado, descende de uma linhagem de toga. A mãe, católica fervorosa, inspirará os filhos, fazendo de dois deles — foram dez, ao todo — um abade e uma religiosa. O filho mais velho, Joseph, será um grande teórico contrarrevolucionário, filósofo e homem ativo, um anti-iluminista cuja obra tem sido relida contemporaneamente.

Joseph parece também tê-lo ajudado a escrever o seu *Prospectus de l'expérience aérostatique de Chambéry*, publicado em 1784, que descreve um voo de balão realizado por ele, Xavier, e seu amigo Louis Brun,[2] e que lhe deu certa fama na cidade natal. O gosto por objetos voadores aparece no capítulo IX, da *Expedição noturna...*, na frustrante — mas adequadamente hilária — pomba mecânica construída pelo narrador.

---

[2] Onze anos antes, os irmãos Mongolfier haviam realizado o primeiro voo tripulado.

Engajou-se no serviço militar embora tenha começado a carreira lentamente. Ainda em 1784 é voluntário na região do Piemonte: nesse ano deixa a casa da família, firmando residência em Turim, onde permanecerá vários anos. É desse período a *Viagem em volta do meu quarto* (1794), editada na Suíça. O livro obteve uma repercussão imediata, assim como o desejo declarado dos leitores de que o autor desse seguimento àquela história. Só mais ao final da vida, no entanto, é que Xavier terá uma ideia mais clara do alcance e da popularidade da obra.

Pouco antes, ainda em 1789, a Revolução Francesa marcará profundamente a vida do autor e de sua família, obrigada a abrigar-se em território italiano. Mesmo no texto leve da *Viagem...* sua reação à revolução se faz presente — já na *Expedição...*, anos depois, seu posicionamento fica claro desde o início. Com a invasão francesa, ligou-se ao exército russo, na Itália naquele momento. Mais tarde, em torno de 1799, depois de uma campanha de alguma vitórias e grandes derrotas, retira-se para a Rússia, ligado que estava ao general Suvarov, seu comandante. Estabelece-se então em São Petersburgo, onde parece muito mais disposto a trabalhar com suas telas e pincéis que com a pena.

Embora fosse esse o seu desejo, não consegue sobreviver às custas da pintura e acaba se resignando à vida militar e burocrática, acomodada mas confortável: foi diretor de museu e biblioteca, enquanto participava intensamente da vida mundana da corte russa. Seu irmão Joseph é então enviado a São Petersburgo como embaixador da Sardenha na corte do tsar e essa proximidade com o irmão mais velho dá novo fôlego a Xavier.

Galga vários postos no exército russo, alcançando posições de destaque. Casa-se, em São Petersburgo, com uma das damas de honra da imperatriz, Sophie Sagriatzki, o que lhe garante uma renda segura. As guerras napoleônicas engajam a armada russa e Xavier de Maistre participa delas até Waterloo. Em carta a seu irmão, o autor afirma que "os cadáveres obstruíam o caminho que, de Moscou até a fronteira, tinha ar de um campo de batalha contínuo". Terminada a guerra ele abandona o exército, seu último posto tendo sido o de general.

Passará os anos seguintes longe da capital. Em 1825, após ter perdido dois de seus quatro filhos, abandona a Rússia em direção à Itália, onde permanecerá por treze anos. É desse período, de volta a Turim, a continuação da *Viagem*, a que ele dará o nome de *Expedição noturna em volta do meu quarto*. Fará várias viagens à Savóia, agora já dividida entre a França e a Sardenha. Na Itália, perderá seus outros dois filhos, o que determinará a tristeza de seus últimos anos. Em 1838, fazendo a vontade de sua mulher, começa a volta para São Petersburgo, mas não sem antes viajar ainda uma vez para a França e, pela primeira vez em sua vida, para Paris.

Na capital francesa descobre, aparentemente bastante surpreso, a fama e o sucesso que sua obra, especialmente a *Viagem...* e a *Expedição...*, lhe tinham proporcionado. Descobre também que algumas "continuações" apócrifas concorriam com as suas. Fornece uma entrevista a Sainte-Beuve[3] que escreverá um ensaio sobre ele, publicado inicialmente na *Revue des deux mondes*, depois como prefácio à edição da obra completa do autor e finalmente como um capítulo da obra em cinco volumes *Portraits contemporains*.

Viverá em São Petersburgo até 1852, onde morre com a idade de 89 anos, tendo perdido também sua mulher um ano antes. As outras obras publicadas em vida do autor são

---

[3] Charles-Augustin Sainte-Beuve (1804–1869), escritor e crítico francês, foi o mais importante crítico de sua época, desenvolvendo a teoria, rejeitada a partir do início do século XX, de que a obra de um autor deve ser estudada como um reflexo da sua vida. O texto que escreve sobre Xavier de Maistre a partir desse encontro segue essa disposição teórica, muito ao gosto da época, expondo – ou tentando expor – tanto o próprio autor como sua obra aos seus leitores.

Le Lépreux de la cité d'Aoste (1811), *La Jeune sibérienne* (1825) e *Les Prisonniers du Caucase* (1825). Hoje temos acesso também a alguns poucos poemas e parte de sua correspondência. A vida longa e de realizações contidas parece ter deixado traços em seus livros e seus biógrafos e críticos costumam enxergar em suas obras mais famosas, a *Viagem...* e a *Expedição...*, a construção de uma voz narrativa cindida entre alguma pretensão intelectual e a atração leviana da sociedade, assim como entre a evasão e o confinamento, características claramente determinantes para os temas dos dois livros.

Detido em Turim, por ter participado de um duelo, Xavier de Maistre começa sua *Viagem...* Nesse primeiro volume a clausura é tratada ironicamente: criando seu narrador como um oficial na mesma situação — aprisionado em seu quarto —, Xavier de Maistre deixa correr a pena para situações prosaicas assim como para questões que ele chama de filosóficas, fazendo com que umas decorram das outras. Assim, para o narrador, os dias limitados pela prisão domiciliar são ocupados pelo ócio confortável e diletante, em que a "viagem" literária faz o papel de distração, mero passatempo intelectual. Esse pode ser o tom geral da narrativa, mas os assuntos em que ela se embrenha acabam por tocar em questões interessantes que, embora não sejam desenvolvidas seriamente, são suficientes para nos dar uma amostra dos seus interesses e, sem dúvida, dos interesses que tocavam seus contemporâneos — e os nossos, hoje.

E são assuntos variados. Fechado no quarto o narrador discute a possibilidade da própria obra, fazendo da metalinguagem a abertura do livro e a linha mestra que sustenta a voz narrativa na passagem de um capítulo a outro, em que os assuntos não necessariamente se seguem. E a retórica do texto busca em uma empática reflexão a aprovação e concordância do leitor... até que este esteja definitivamente "fisgado". Já de imediato a ideia da viagem se impõe, sendo que o desafio é a descrição de quarenta e dois dias de "descobertas" feitas a partir de deambulações em volta do quarto.

Toda a força argumentativa do século XVIII se coloca aqui a serviço da literatura. Laurence Sterne é o principal parâmetro literário, assim como todos os escritos moralistas do período: fazer de qualquer tema, motivo, dúvida ou certeza uma razão para longas elucubrações é o método preferido da época, que vai do salão ao texto filosófico e às melhores páginas literárias. Para quem se lembrou de algo parecido, qualquer semelhança com as *Memórias póstumas de Brás Cubas* não é mera coincidência.

Os capítulos são curtos e os assuntos, vários. Rosine, a cachorrinha *poodle* do narrador, serve para uma explanação sobre o amor dos homens pelos animais – e vice-versa. O criado Joannetti é motivo para boas reflexões sobre as relações humanas, que não escondem muitas vezes a prepotência e a falta de modos do "patrão". Quadros na parede permitem uma viagem pela memória e pelas histórias com as mulheres... motivo, aliás, constante, assim como é constante a menção à inconstância e volubilidade femininas.

Mas os conflitos internos humanos dão motivo para discussões divertidas que anunciam grandes questões da psicologia: a teoria da "alma" e da "besta", uma versão com exemplos cômicos da suposta divisão entre corpo e alma, a hipótese da bipartição – sim, só "bi", ainda estamos nos setecentos – inerente a todos nós domina vários capítulos da *Viagem*.... Há também outros conflitos, mais seriamente tratados, como o papel que os amigos – sua cachorrinha e, quase, seu criado – cumprem em nossa vida e a falta que eles podem fazer, o vazio que eles podem deixar. No capítulo XXI da viagem, a morte de um verdadeiro amigo ganha a sua homenagem, como uma pausa respeitosa no meio do discurso... A melancolia, a tristeza talvez, desse capítulo só se compara àquelas presentes na *Expedição*....

INTRODUÇÃO

O século das luzes abre então espaço para o sentimentalismo. Embora o amor por um discurso de argumentação, raciocínio, especulação sobre toda e qualquer ideia, fazendo desse processo um valor principal e a garantia de sustentação da obra não tenha se perdido entre a *Viagem...* e a *Expedição...*, o segundo volume se revela muito mais sentimental.

Escrita vários anos depois, a *Expedição...* apresenta o "mesmo" narrador, mais velho, fazendo comentários à primeira viagem, já tão conhecida, e tentando repetir o modelo em uma viagem noturna. Uma noite só, outro tipo de desafio narrativo. Mas essa noite é quase tão longa quanto os outros quarenta e dois dias. E em alguns momentos mais séria, com toques melancólicos que beiram a solidez da tristeza no final do volume. A linguagem, como já foi dito, apresenta grandes mudanças. Mas os textos não são brutalmente diferentes: é como um antes e depois, como olhar para fotos de um amigo que conhecemos na juventude. Reconhecemos os traços, descobrimos a passagem do tempo. A passagem do tempo, o envelhecimento, a perda irremediável daqueles a quem amamos, a impossibilidade da felicidade e o ridículo da infelicidade fecham o volume dando ao narrador um tom mais sábio que aquele alcançado no primeiro volume. O capítulo XII exemplifica a inevitabilidade das "tristezas e amarguras" na vida do narrador. Mais sábio, menos esperançoso.

O início do século XIX, no entanto, não tira dessa voz o interesse pelo discurso fluente e pelos assuntos variados. Reflexões de caráter social – e celeste (no sentido astronômico e não religioso do termo) – podem levar, por exemplo, à elaboração de utopias de governo... como a que decidiria que todos os cidadãos deveriam, obrigatoriamente, olhar para o céu:

– Oh! Se fosse soberano de um país [...], faria a cada noite soar o toque do sino e obrigaria meus súditos de todas as idades, de todos os sexos e todas as condições a se colocarem à janela para olhar as estrelas.

O grau de devaneio presente na afirmação (e no restante da discussão sobre o assunto) não é muito distinto de sistemas inspiradores do socialismo utópico, como o de Fourier, o pensador francês que inventou os falanstérios como projeto de sociedade ideal. Tal fato denota acima de tudo uma atualidade de alcance muito interessante. E neste ponto é também possível enxergar uma proximidade com o pensamento romântico, tão dado à evasão quanto às idealizações, fossem elas sociais ou amorosas.

A vizinha que cantava no balcão abaixo do apartamento do narrador é outro exemplo, representando o ligeiro motivo lírico-amoroso da *Expedição...* Ouvindo um rápido trecho do seu canto o narrador se motiva a espiá-la e coloca-se então em circunstâncias periclitantes. Poderíamos perceber aqui uma ironia suave aos desvarios amorosos dos primeiros romances românticos provavelmente lidos pelo autor? Ou simplesmente percebemos na obra a atualização e a incorporação de um gosto da época? Se comparamos ao volume de 31 anos antes, há diferenças interessantes que podem ser registradas. Enquanto no primeiro volume a demorada *toilette* de uma dama é motivo para uma quase "humilhação" do narrador, que não suporta não ser o centro das atenções da sua dama, no segundo, o narrador se vê longamente admirando um chinelinho...

O quarto é permissivo... Há estudos que aproximam e opõem a obra de Xavier de Maistre à *Filosofia na alcova*, de Sade, partindo da coincidência do confinamento como tema narrativo para os diferentes resultados alcançados pelos autores. O *boudoir* é comum ao mundo aristocrático a que ambos pertencem, o resultado materialista de Sade é diferente do de Xavier de Maistre, mas o princípio do prazer rege ambas as obras. Considere-se, como complicador, o capítulo XXXII da *Viagem...* e a ironia posta sobre as violências e radicalidades revolucionárias. Finalmente, podemos ainda perceber nas obras de Xavier de Maistre um grande embate entre o conforto intelectual do confinamento e o desejo pelo mundo de fora, da atividade, da vida. A oposição clara entre o que se "pensa" sobre o mundo e como o mundo de fato se apresenta. Se há uma ironia reconhecível na descrição do trato amoroso, a própria especulação filosófico-humanista é também posta à prova: como racionalizar o sentimento? O amor, a perda ou a mera frustração? O formato escolhido para o texto, percebemos então, acaba se mostrando mais adequado ao índice de ironia da primeira parte do que a certas manifestações mais sensíveis que podemos encontrar na segunda. Mas mesmo esse detalhe é revelador da dificuldade imposta pela resposta dada à pergunta acima. O século XIX ainda levará algumas décadas para chegar ao seu melhor romance.

Mas Flaubert leu Xavier de Maistre e, sem levar em conta a presença da ironia na obra, põe Bouvard e Pécuchet para desprezá-lo. O problema aparentemente seria a presença excessiva da personalidade do autor... Claro que para o escritor de *Madame Bovary* o desaparecimento do autor – e mesmo do narrador – era uma questão crucial. Seguindo um outro ponto de vista, um crítico contemporâneo, Daniel Sangsue, já considerou a obra uma narrativa "excêntrica" que por suas qualidades particulares procuraria criticar e ironizar o gênero romanesco clássico, aquele onde tudo é grande: o sentimento, a nobreza dos personagens, a aventura. Seria uma composição caracterizada por "digressões, uma hipertrofia do discurso narrativo e uma atrofia da história contada, um questionamento sobre as personagens" etc. A "estética do detalhe", escolhida para as longas descrições do quarto e do mundo a partir do quarto, seria na verdade uma representação irônica, porque ela "modifica as escalas de avaliação da nobreza das coisas" e acabaria por alcançar a simpatia do leitor deslocando sua atenção para banalidades cotidianas como a cachorrinha Rosine ou o simples ato de acordar. Além do romance, a narrativa de viagens também tem aqui seus paradigmas questionados: o isolamento do quarto possibilita a minúcia atenta que se perde nas grandes distâncias e panoramas. A obra colocaria em discussão, portanto, metalinguisticamente, o próprio gênero a que pertenceria ou, no mínimo, de que fazia parte de forma tangencial.

Romance ou antirromance, narrativa excêntrica, narrativa de viagem ou narrativa heroica e cômica sobre viagem: essas são algumas das classificações levantadas pela crítica contemporânea. Mas talvez possamos realmente classificar Xavier de Maistre e sua obra na categoria de *libre-pensée*. Sem haver desenvolvido nenhuma doutrina específica, sem ter defendido nenhuma causa maior, ele acabou por criar uma obra que passeia por várias dessas possibilidades e que não abre mão de tratar delas, mesmo se às vezes levianamente, transformando os assuntos mais sérios em uma quase risada de salão. O discurso da individualidade realizada através da digressão pode talvez ser o principal definidor das duas obras, assim como a construção lenta da opinião pessoal, a permissão à perspectiva discordante, o desenvolvimento tolo e/ou perspicaz dos mesmos assuntos.

Ao leitor o aprofundamento e as escolhas. Mas sem esquecer que as viagens podem ser divertidas. Antes de considerá-las filosóficas, poderíamos chamar certas discussões propostas pelo livro de profundamente humanistas. Aí talvez um dos grandes interesses da obra e o cheiro de modernidade que ela oferece: não é difícil para nós, passados já alguns anos dos 2000, nos sentirmos tocados por ela e, em alguns momentos, de forma ora cômica, ora encabulada, nos identificarmos com esse narrador viajante.

NOTA SOBRE A TRADUÇÃO

A obra de Xavier de Maistre pode impor, hoje, algumas dificuldades para a tradução e a leitura. Ela acompanha o processo de descobertas da prosa do século XVIII e no seu caso a influência da obra de Sterne oferece ainda um outro detalhe: frases longas, descritivas e infinitamente encadeadas graças a muitas conjunções e uma pontuação complexa. Algo disso, claro, precisava permanecer no texto para os leitores de língua portuguesa.

Temos no Brasil uma tradução já clássica, a de Marques Rebelo, onde o tom escolhido oferece um gosto "de época" ao manter muito do ritmo original com um vocabulário e formas de tratamento correspondentes a essa escolha. Na presente tradução, ao contrário, alguns procedimentos experimentam uma maior contemporaneidade – e vernaculidade – tentando ao mesmo tempo manter a identidade do texto original. A mudança do título (que permanecia o mesmo de uma tradução portuguesa do século XIX) e opções como o uso do pronome "você" substituindo a clássica escolha pelo "vós" são um exemplo dessa postura, que se aplica a toda extensão do texto (notem-se os traços de diálogos do narrador com supostas interlocutoras epistolares e com seus possíveis leitores).

BIBLIOGRAFIA

BOSI, Alfredo (org.). *Machado de Assis*. São Paulo: Ática, 1982.

COMPAGNON, Antoine. *Les Antimodernes: de Joseph de Maistre à Roland Barthes*. Paris: Gallimard, 2005.

MAISTRE, Xavier. *Oeuvres complètes du Comte Xavier de Maistre: édition précédée d'une notice de l'auteur par M. Sainte Beuve (1839)*. Paris: Garnier Frères, 1889. Disponível em: <http://gallica.bnf.fr>

———. *Oeuvre complète*. Paris: Éditions du Sandre, 2005.

SANGSUE, Daniel. *Le Récit excentrique. Gautier, de Maistre, Nerval, Nodier*. Paris: José Corti, 1989.

STAROBINSKI, Jean. *As máscaras da civilização: ensaios*. São Paulo: Companhia das Letras, 2001. Trad. Maria Lúcia Machado.

VOVELLE, Michel (org.). *O homem do iluminismo*. Lisboa: Ed. Presença, 1992. Trad.:Maria Georgina Segurado.

VIAGEM EM VOLTA DO MEU QUARTO

VIAGEM EM VOLTA DO MEU QUARTO

CAPÍTULO I

Como é glorioso começar uma nova carreira e aparecer de repente para o mundo intelectual com um livro de descobertas na mão, como um cometa inesperado brilha no espaço!

Não, eu não manterei mais o meu livro *in petto*; aí está ele, senhores, leiam. Planejei e realizei uma viagem de quarenta e dois dias em volta do meu quarto. As observações interessantes que fiz, e o prazer contínuo que experimentei ao longo do caminho, me fizeram querer torná-la pública; a certeza de ser útil me fez decidir. Meu coração experimenta uma satisfação inexprimível quando penso no número infinito de infelizes aos quais ofereço uma fonte segura contra o tédio e um alívio para os males que suportam. O prazer que se sente ao viajar em seu quarto está a salvo da inveja inquieta dos homens, e independe da fortuna.

Haverá alguém, realmente, tão infeliz, tão abandonado, que não tenha um reduto aonde possa se retirar e se esconder de todo mundo? Esses são todos os preparativos da viagem.

Estou certo de que todo homem sensato adotará meu sistema, qualquer que possa ser seu caráter e qualquer que seja seu temperamento: seja avarento ou pródigo, rico ou pobre, jovem ou velho, nascido sob a zona tórrida ou perto do polo, ele pode viajar como eu; enfim, na imensa família dos homens que fervilham sobre a face da terra, não há um só – não, nem um só (evidentemente entre aqueles que habitam quartos) que possa, depois de ter lido esse livro, recusar sua aprovação à nova maneira de viajar que apresento ao mundo.

CAPÍTULO II

Poderia começar o elogio de minha viagem dizendo que ela não me custou nada; esse assunto merece atenção. Aí está primeiramente celebrado, festejado pelas gentes com uma fortuna medíocre; mas há uma outra classe de homens junto da qual é ainda mais certo um feliz sucesso, por esta mesma razão de nada custar. — E então, junto de quem? Ora essa! Vocês ainda perguntam? Junto dos ricos! Além disso, que recurso não é para os doentes esta maneira de viajar! Não terão mais que temer a intempérie do ar e das estações. — Para os poltrões, que estarão ao abrigo dos ladrões e não encontrarão nem precipícios nem valetas. Milhares de pessoas que antes de mim não tinham ainda ousado, outras que não puderam, outras enfim que não tinham sonhado em viajar, vão se resolver a partir do meu exemplo. O ser mais indolente hesitaria em se pôr na estrada comigo para buscar um prazer que não lhe custaria nem pena nem dinheiro? — Coragem então, partamos. — Sigam-me, vocês todos que uma mortificação de amor, uma negligência de amizade retiveram em casa, longe da pequenez e da perfídia dos homens. Que todos os infelizes, os doentes e os entediados do universo me sigam! — Que todos os preguiçosos se levantem em massa! E vocês que remoem em seus espíritos projetos sinistros de reforma ou aposentadoria por qualquer infidelidade; vocês que, em um budoar, renunciam ao mundo pela vida; amáveis anacoretas de uma noitada, venham também, deixem, creiam-me, essas negras ideias; vocês perdem um instante de prazer sem ganhá-lo para a sabedoria: concedam acompanhar-me em minha viagem. Andaremos em pequenas jornadas, rindo, o longo caminho dos viajantes que viram Roma e Paris;[1] — nenhum obstáculo poderá nos fazer parar e deixando-nos levar pela nossa imaginação nós a seguiremos onde quer que ela nos conduza.

CAPÍTULO III

Há tantas pessoas curiosas no mundo! — Estou convencido de que querem saber por que minha viagem em volta do meu quarto durou quarenta e dois dias no lugar de quarenta e três, ou qualquer outro espaço de tempo; mas como eu explicaria para o leitor, já que eu mesmo ignoro? Tudo que posso assegurar é que, se a obra é longa demais para seu gosto não dependeu de mim fazê-la mais curta; qualquer vaidade de viajante à parte, eu teria me contentado com um capítulo. Estava, é verdade, no meu quarto, com todo o prazer e graça possíveis, mas, ai de mim, não podia sair à vontade. Acredito mesmo que, sem a intervenção de certas pessoas poderosas que se interessavam por mim, e pelas quais meu reconhecimento não se extinguiu, eu teria tido todo o tempo de escrever um in-folio, tanto que os protetores que me faziam viajar em meu quarto estavam dispostos em meu favor!

E, entretanto, leitor razoável, veja o quanto esses homens estavam enganados, e veja bem, se podes, a lógica que vou expor.

Há algo mais natural e justo que bater-se com alguém que pisa no seu pé por inadvertência, ou que deixa escapar qualquer termo picante em um momento de desapontamento, cuja causa é a sua imprudência, ou que enfim tem a infelicidade de agradar a sua amante?

---

[1] O autor refere-se aqui provavelmente às narrações de viagem, muito em moda no século XVIII, e sobretudo à tradição do *Grand Tour* que conduzia viajantes pela Itália. As *Cartas persas* (1721) de Montesquieu também participam dessa tradição.

Vai-se a um prado e lá, como Nicole fazia com o Burguês Fidalgo,[2] tentamos atacar em quarta enquanto ele se defende em terça;[3] e, para que a vingança seja certa e completa, apresentamos seu peito descoberto, e corremos o risco de nos fazer matar por nosso inimigo para nos vingarmos dele. – Vemos que nada é mais consequente, e de qualquer modo encontramos pessoas que desaprovam este louvável costume! Mas o que é também tão consequente quanto todo o resto, é que essas mesmas pessoas que o desaprovam e que querem que o olhemos como uma falta grave, trataríam ainda pior aquele que se recusasse a cometê-lo. Mais de um infeliz, para se adequar a essa posição, perdeu sua reputação e seu emprego; de sorte que quando temos a infelicidade de ter o que chamamos de um caso, não faríamos mal em tirar a sorte para saber se devemos terminá-lo seguindo as leis ou o costume, e como as leis e os costumes são contraditórios, os juízes poderiam também jogar suas sentenças nos dados. – E provavelmente também é a uma decisão desse tipo que é necessário recorrer para explicar por que e como minha viagem durou quarenta e dois dias exatamente.

CAPÍTULO IV

Meu quarto está situado no quadragésimo-quinto grau de latitude, segundo as medida do padre Beccaria:[4] sua orientação é entre o levante e o poente; forma um quadrado longo com trinta e seis passos em toda a volta, beirando a parede bem de perto. Minha viagem terá, entretanto, mais que isso, porque eu o atravessarei frequentemente ao longo e ao largo, ou mesmo diagonalmente, sem seguir nem regra nem método. – Eu farei até ziguezagues, e percorrerei

[2] Peça de Molière.
[3] Movimentos de esgrima.
[4] Contemporâneo de Xavier de Maistre, ensinava física na universidade de Turim.

todas as linhas possíveis em geometria, se a necessidade o exigir. Não gosto das pessoas que são tão vigorosamente os mestres de seus passos e de suas ideias que dizem: "Hoje, farei três visitas, escreverei quatro cartas, terminarei essa obra que comecei."

Minha alma está tão aberta a toda sorte de ideias, de gostos e sentimentos, recebe tão avidamente tudo que se apresenta!... – E por que ela recusaria as alegrias que estão dispersas pelo difícil caminho da vida? Elas são tão raras, tão esporádicas, que seria preciso ser louco para não parar, e até voltar no caminho, para colher todas aquelas que estão ao nosso alcance. Não há nada mais atraente, para mim, que seguir as ideias pelo rastro, como o caçador persegue a caça, sem pretender tomar alguma estrada. Assim, quando viajo no meu quarto, percorro raramente uma linha reta: vou da minha mesa para um quadro colocado em um canto; de lá parto obliquamente para ir até a porta; mas, ainda que no momento em que parto minha intenção seja ir para lá, se encontro minha poltrona no caminho, não me faço de rogado e lá me arranjo imediatamente. – Uma poltrona é um móvel excelente, é sobretudo de máxima utilidade para todo homem meditativo. Nas longas noites de inverno é por vezes doce, e sempre prudente, estender-se nela molemente, longe do alarido das reuniões numerosas. – Um bom fogo, livros, canetas; quantos recursos contra o tédio! E que prazer ainda esquecer nossos livros e nossas canetas para atiçar o fogo, deixando-nos levar por alguma doce meditação, ou arrumar algumas rimas para distrair os amigos! As horas então correm por nós e caem no silêncio da eternidade, sem nos fazer sentir sua triste passagem.

CAPÍTULO V

Depois da minha poltrona, indo na direção norte, descobre-se minha cama, que está colocada no fundo do quarto, e que forma a mais agradável perspectiva. Ela está situada da maneira mais adequada: os primeiros raios do sol vêm brincar nas minhas cortinas. — Eu os vejo, nos belos dias de verão, avançar ao longo da parede branca à medida que o sol se levanta: os olmos que estão em frente a minha janela os dividem de mil maneiras, e os fazem balançar sobre minha cama, cor-de-rosa e branca, que espalha para todos os lados, através dos seus reflexos, um matiz encantador. — Ouço o murmúrio confuso das andorinhas que se apossaram do telhado da casa e de outros passarinhos que moram nos olmos: então, mil ideias risonhas ocupam meu espírito, e, no universo inteiro, ninguém tem um acordar tão agradável, tão plácido como o meu.

Asseguro que adoro gozar desses doces instantes, e que eu prolongo sempre, tanto quanto possível, o prazer que encontro em meditar no doce calor do meu leito. — Seria esse um teatro que empresta mais à imaginação, que desperta as mais ternas ideias, mais que o móvel em que me esqueço de vez em quando? — Leitor discreto, não se assuste — mas eu não poderia falar da felicidade de um amante que segura, pela primeira vez, em seus braços, uma esposa virtuosa? Prazer inefável, que meu mau destino me condena a não experimentar jamais! Não é em um leito que uma mãe, ébria de alegria pelo nascimento de um filho, esquece suas dores? É lá que os prazeres fantásticos, frutos da imaginação e da esperança, vêm nos agitar. — Enfim, é neste móvel delicioso que nós esquecemos, durante uma metade da vida, as aflições da outra metade. Mas que multidão de pensamentos agradáveis e tristes se apressam em meu cérebro? Mistura desconcertante de situações terríveis e deliciosas!

Um leito nos vê nascer e nos vê morrer; é o teatro variável onde o gênero humano representa, alternadamente, dramas interessantes, farsas risíveis e tragédias assustadoras. — É um berço guarnecido por flores; é o trono do amor; é um sepulcro.

CAPÍTULO VI

Este capítulo é apenas para os metafísicos. Ele vai jogar luz sobre a natureza do homem: é o prisma com o qual poderemos analisar e decompor as faculdades humanas, separando a força animal dos raios puros da inteligência.

Seria impossível para mim explicar como e por que eu me inflamava nos primeiros passos que fiz começando minha viagem, sem explicar ao leitor, nos mínimos detalhes, meu sistema da *alma e da besta*. – Esta descoberta metafísica influencia, por outro lado, tanto minhas ideias e ações, que seria muito difícil compreender este livro se eu não oferecesse a sua chave desde o começo.

Percebi, por diversas observações, que o homem é composto de uma alma e de uma besta. – Estes dois seres são absolutamente distintos, mas tão encaixados um no outro, ou um sobre o outro, que é preciso que a alma tenha uma certa superioridade sobre a besta para estar em situação de fazer a distinção.

Guardo de um velho professor (é uma lembrança muito distante) que Platão chamava de *o outro* à matéria. Está bem; mas preferiria dar esse nome, por excelência, à besta que está junto a nossa alma. É realmente esta substância que é *o outro*, e que nos provoca de uma maneira tão estranha. Percebemos muito superficialmente que o homem é duplo; mas é, digamos, porque é composto de uma alma e de um corpo; e acusamos este corpo de não sei quantas coisas, mas sem nenhuma razão séria seguramente, pois ele é tão incapaz de sentir como de pensar. É a besta que é preciso incriminar, este ser sensível, perfeitamente distinto da alma, verdadeiro *indivíduo* que tem sua existência separada, assim como seus gostos, suas inclinações, sua vontade, e que só está acima dos outros animais porque é mais bem educado e provido de órgãos mais perfeitos.

Senhores e senhoras, fiquem orgulhosos de sua inteligência tanto quanto queiram; mas desconfiem bastante da *outra*, sobretudo quando vocês estiverem juntos!

Fiz não sei quantas experiências sobre a união dessas duas criaturas heterogêneas. Reconheci, por exemplo, claramente, que a alma pode se fazer obedecer pela besta, e que, por um retorno deplorável, esta frequentemente obriga a alma a agir contra sua vontade. De regra, uma tem o poder legislativo e a outra o poder executivo; mas esses dois poderes se contrariam com frequência. — A grande arte de um homem de gênio é saber bem educar sua besta, para que ela possa seguir sozinha, enquanto a alma, livre desta penosa relação, pode elevar-se até o céu.

Mas é preciso que se esclareça isso em um exemplo.

Quando se lê um livro, senhor, e uma ideia mais agradável entra de repente em sua imaginação, sua alma imediatamente se agarra a ela e esquece o livro, enquanto seus olhos seguem maquinalmente as palavras e as linhas; acaba-se a página sem compreendê-la e sem lembrar-se do que se leu. — Isso acontece porque sua alma, tendo ordenado que sua companheira fizesse a leitura, não a advertiu de que iria retirar-se por um pouco de tempo; de sorte que a *outra* continuava a leitura que sua alma não escutava mais.

CAPÍTULO VII

Isso não lhe parece claro? Aí está um outro exemplo:

Um dia do verão passado, caminhava na direção do paço. Tinha pintado por toda a manhã e minha alma, contente em meditar sobre a pintura, deixou aos cuidados da besta levar-me ao palácio do rei.

"Que arte sublime é a pintura!", pensava minha alma. Feliz daquele que foi tocado pelo espetáculo da natureza, que não é obrigado a fazer quadros para viver, que não pinta unicamente por passatempo, mas que, tocado pela majestade de uma bela fisionomia, e pelos jogos admiráveis da luz que se funde em mil tintas sobre o rosto humano, se esforça para aproximar os efeitos sublimes da natureza em suas obras! Feliz ainda o pintor que o amor pela paisagem engaja em passeios solitários, que sabe exprimir sobre a tela o sentimento da tristeza que lhe inspira uma floresta sombria ou um campo deserto! Suas produções imitam e reproduzem a natureza; ele cria mares novos e negras cavernas desconhecidas ao sol: à sua ordem, verdes bosques saem do nada, o azul do céu se reflete nos quadros; ele conhece a arte de perturbar os ares e de fazer rugir as tempestades. Em outros momentos ele oferece ao olhar do espectador encantado os campos deliciosos da antiga Sicília: vemos ninfas perdidas fugindo da perseguição de um sátiro através dos juncos; templos de uma arquitetura majestosa elevam sua fronte soberba acima da floresta sagrada que os envolve, a imaginação se perde nas estradas silenciosas desse país ideal; os azulados distantes se confundem com o céu, e a paisagem inteira, repetindo-se nas águas de um rio tranquilo, forma um espetáculo que nenhuma língua pode descrever.

Enquanto minha alma fazia essas reflexões, a *outra* fazia seu caminho, e Deus sabe onde ela ia! – No lugar de ir à corte, seguindo a ordem recebida, ela derivou de tal forma lentamente para a esquerda que no momento em que minha alma a resgatou ela estava à porta de *madame* de *Hautcastel*, a meia milha do palácio real.

Deixo para o leitor pensar o que teria acontecido se ela tivesse entrado sozinha na casa de uma tão bela dama.

CAPÍTULO VIII

Se é útil e agradável ter uma alma separada da matéria, a ponto de fazê-la viajar sozinha quando se julga apropriado, esta faculdade tem também seus inconvenientes. É a ela, por exemplo, que eu devo a queimadura[5] de que falei nos capítulos precedentes. — De hábito dou a minha besta a responsabilidade pelo preparo de meu almoço, é ela quem torra o meu pão e o corta em fatias. Ela faz maravilhosamente o café, e o consome mesmo com frequência sem que minha alma se envolva, a menos que essa se distraia ao vê-la trabalhar, mas isso é raro e muito difícil de executar: porque é fácil pensar em outra coisa quando se faz qualquer operação mecânica, mas é extremamente difícil de se olhar agindo, por assim dizer — ou para me explicar seguindo meu sistema, de aplicar sua alma a examinar a marcha da sua besta, e de vê-la trabalhar sem tomar parte nisso. — Aí está o mais espantoso esforço metafísico que o homem pode executar.

Tinha deposto minha tenaz sobre a brasa para fazer torrar meu pão e, algum tempo depois, enquanto minha alma viajava, um cepo em brasa rola no chão: minha pobre besta levou a mão à tenaz e eu queimei meus dedos.

CAPÍTULO IX

Espero ter desenvolvido suficientemente minhas ideias nos capítulos precedentes para dar o que pensar ao leitor e para colocá-lo no ponto de fazer as descobertas nesta brilhante jornada: ele só poderá ficar satisfeito consigo se um dia chegar a saber fazer sua alma viajar sozinha; os prazeres que esta faculdade lhe trará compensarão, de resto, os quiproquós que poderão surgir. Haverá satisfação maior que estender assim sua existência, ocupar ao mesmo tempo a terra e os céus e duplicar, por assim dizer, seu ser? — O desejo eterno e jamais satisfeito do homem não é aumentar sua força e suas faculdades, querer estar onde não está, lembrar o passado e viver no futuro? Quer comandar exércitos, presidir academias, quer ser adorado pelas Belas e, se

---

[5] Provável erro do autor na organização dos capítulos. A única menção a alguma queimadura no texto se encontra no final desse mesmo capítulo.

tem tudo isso, lamenta então os campos e a tranquilidade e inveja a cabana dos pastores: seus projetos, suas esperanças fracassam sem cessar diante das infelicidades reais ligadas à natureza humana, não saberia encontrar a felicidade. Um quarto de hora de viagem comigo lhe mostraria o caminho.

Eh! por que ele não deixa à *outra* estes miseráveis cuidados, esta ambição que o atormenta? — Venha, pobre infeliz! Faça um esforço para romper sua prisão e, do alto do céu aonde vou conduzi-lo, do meio dos orbes celestes e do empíreo, olhe sua besta, jogada no mundo, correr sozinha pelo caminho do acaso e das honras; veja com que gravidade ela anda entre os homens: as pessoas se afastam com respeito e, creia-me, ninguém perceberá que ela está sozinha; é a menor das preocupações da multidão saber se tem uma alma ou não, se ela pensa ou não. — Mil mulheres sentimentais a amarão furiosamente sem perceber; ela pode até mesmo alcançar, sem o socorro da sua alma, o mais alto favor e a maior fortuna. — Enfim, eu não me espantaria nada se, no nosso retorno do empíreo, sua alma, voltando para casa, encontrasse na besta um grande senhor.

CAPÍTULO X

Que não se pense que ao invés de manter minha palavra, dando a descrição de minha viagem ao redor do meu quarto, vou para o campo para fugir dos afazeres: grande engano, porque minha viagem realmente continua e enquanto minha alma, dobrando-se sobre si mesma, percorria, no capítulo precedente, os desvios tortuosos da metafísica, estava em minha poltrona em que tinha me inclinado de forma que seus dois pés dianteiros ficassem levantados a dois dedos do chão e, balançando-me para a esquerda e para a direita, ganhando terreno, tinha sem perceber chegado muito perto da parede. — É minha forma de viajar quando não estou apressado. — Nesta circunstância, minha mão tinha pegado maquinalmente o retrato de *madame* de

Hautcastel, e a outra se distraía tirando a poeira que o cobria. Esta ocupação lhe dava um prazer tranquilo, e este prazer se fazia sentir em minha alma, ainda que ela estivesse perdida nas extensões do céu: porque é bom observar que, quando o espírito viaja assim no espaço, ele se mantém sempre ligado aos sentidos por não sei que laço secreto, de sorte que, sem se afastar de suas ocupações, ele pode tomar parte das alegrias aprazíveis da *outra*; mas, se em certo ponto esse prazer aumenta, ou se ela é tocada por algum espetáculo inesperado, a alma imediatamente retoma seu lugar com a velocidade do raio.

Foi o que me aconteceu enquanto eu limpava o retrato.

À medida que o lenço retirava a poeira e fazia aparecer os cachos dos cabelos louros, e a guirlanda de rosas que os coroa, minha alma, desde o sol para onde ela se tinha transportado, sentiu um leve tremor de prazer, e partilhou simpaticamente a alegria de meu coração. Esta alegria tornou-se menos confusa e mais viva quando o tecido, de um só golpe, descobriu o rosto radiante desta sedutora fisionomia; minha alma esteve a ponto de deixar os céus para gozar do espetáculo. Mas estivesse ela nos Campos Elíseos, estivesse assistindo a um concerto de querubins, não teria se demorado meio segundo, quando sua companheira, mantendo sempre mais interesse em sua obra, decidiu pegar uma esponja molhada que se lhe apresentava e passá-la imediatamente sobre as sobrancelhas e os olhos, sobre o nariz, sobre as maçãs do rosto, — sobre esta boca; — Ah Deus! meu coração bate: — sobre o queixo, sobre o seio: aconteceu por um momento, toda a figura pareceu renascer e sair do nada. — Minha alma se precipitou do céu como uma estrela cadente: encontrou a *outra* em um êxtase encantador, e chegou a aumentá-lo ao dividi-lo. Esta situação singular e imprevista fez desaparecer o tempo e o espaço para mim. — Eu existi por um instante no passado, e rejuvenesci contra a ordem da natureza. — Sim, aí está, esta mulher adorada, é ela mesma: eu a vejo sorrindo; ela vai falar para dizer que me ama. — Que olhar! Vem que te aperto contra meu coração, alma da minha vida, minha segunda existência! — vem partilhar minha embriaguez e minha felicidade!

Esse momento foi curto, mas foi encantador: a razão fria retomou logo seu império, e, no espaço de um piscar de olhos envelheci um ano inteiro; — meu coração ficou frio, enregelado, e eu me encontrei no mesmo nível da multidão dos indiferentes que pesam sobre o globo.

CAPÍTULO XI

Não se deve antecipar os acontecimentos: a pressa em comunicar ao leitor meu sistema da alma e da besta me fez abandonar a descrição de minha cama antes do que eu deveria; quando tiver terminado retomarei minha viagem no ponto em que a interrompi no capítulo precedente. — Peço somente que relembre que deixamos *a metade de mim* segurando o retrato de Hautcastel perto da parede, a quatro passos de minha escrivaninha. Tinha esquecido, falando de minha cama, de aconselhar, a todo homem que possa, a ter uma cama cor-de-rosa e branca: é certeza que as cores nos influenciam a ponto de nos alegrar ou entristecer segundo suas nuances. — O rosa e o branco são duas cores consagradas ao prazer e à felicidade. — A natureza, dando-as à rosa, lhe deu a coroa do império da Flora; — e, quando o céu quer anunciar um belo dia ao mundo, colore as nuvens com esse encantador matiz ao nascer do sol.

Um dia subíamos com dificuldade a extensão de um atalho íngreme: a amável Rosalie estava à frente, sua agilidade lhe dava asas: não podíamos segui-la. — De repente, tendo chegado ao pé de um monte, ela se virou para nós para retomar o fôlego e sorriu de nossa lentidão. — Talvez nunca as duas cores que elogio tenham triunfado dessa maneira: suas faces afogueadas, seus lábios de coral, dentes brilhantes, seu pescoço de alabastro sobre um fundo de verdura, golpearam todos os olhares. Foi preciso que parássemos para contemplá-la. Nem falo de seus olhos azuis, nem do olhar que ela pôs sobre nós, porque fugiria do meu assunto e porque aliás penso nisso o menos que me é possível. Para mim é suficiente ter dado o mais belo exemplo imaginável da superioridade dessas duas cores sobre todas as outras e de suas influência sobre a felicidade dos homens.

Não irei mais adiante por hoje. De que assunto poderia tratar que não fosse insípido? Que ideia não se apaga com essa ideia? – Não sei nem mesmo quando poderei retomar a obra. – Se continuo, e se o leitor deseja ver seu fim, que ele se encomende ao anjo distribuidor de pensamentos e que lhe peça para não mais misturar a imagem desse monte em meio à multidão de pensamentos incoerentes que ele me manda a todo momento.

Sem esta precaução acabou-se a minha viagem.

CAPÍTULO XII

....

o monte

....

CAPÍTULO XIII

Os esforços são em vão; é preciso adiar a tarefa e ficar por aqui apesar de minha vontade: é uma etapa militar.

CAPÍTULO XIV

Disse que gostava, singularmente, de meditar no doce calor de minha cama, e que sua cor agradável contribui muito para o prazer que ali encontro.

Para obter esse prazer, meu criado recebeu a ordem de entrar no meu quarto uma meia hora antes daquela em que tenha resolvido me levantar. Eu o ouço caminhar com leveza e tatear pelo quarto com discrição; esse barulho me concede o deleite de me sentir cochilar, prazer delicado e desconhecido de muitas pessoas.

Somos despertados o suficiente para perceber que não estamos completamente despertos e para calcular confusamente que a hora dos afazeres e das preocupações ainda está na ampulheta do tempo. Insensivelmente meu homem vai ficando mais barulhento; ele é difícil de conter e além disso ele sabe que a hora fatal se aproxima. – Olha meu relógio, faz soar os berloques para me advertir; mas faço ouvidos moucos e, para alongar ainda mais essa hora encantadora, não há dificuldade que não imponha obstáculo a esse pobre infeliz. Tenho cem ordens preliminares a lhe dar para ganhar tempo. Ele sabe muito bem que essas ordens, que lhe dou com bastante mau humor, são pretexto para continuar na cama simulando não desejar isso. Ele faz cara de quem não percebe e eu lhe sou verdadeiramente grato por isso.

Enfim, quando esgotei todos os meus recursos, ele avança para o meio do quarto e se planta lá, os braços cruzados, na mais perfeita imobilidade.

Concordarão comigo que não é possível desaprovar meu pensamento com mais espírito e discrição: além disso eu nunca resisto a este convite tácito; estendo os braços para testemunhar que compreendi, e num instante estou sentado.

Se o leitor reflete sobre a conduta de meu criado, poderá se convencer de que, em certos afazeres delicados, da mesma natureza desse, a simplicidade e o bom senso valem infinitamente mais que o espírito mais destro. Ouso assegurar que o discurso mais elaborado sobre os inconvenientes da preguiça não me faria decidir sair tão prontamente da minha cama como a reprovação muda de *Monsieur* Joannetti.

É um perfeito bom homem esse M. Joannetti, e ao

mesmo tempo aquele dentre todos os homens que mais conviria a um viajante como eu. Ele está acostumado às frequentes viagens da minha alma, e jamais ri das inconsequências da *outra*, ele até mesmo a dirige quando ela está sozinha; de maneira que poderíamos dizer então que ela é conduzida por duas almas. Quando ela se veste, por exemplo, ele me adverte com um sinal que ela está a ponto de colocar suas meias ao contrário, ou seu casaco antes do colete. — Minha alma muitas vezes se distraiu vendo o pobre Joannetti correr atrás da louca sob os arcos da cidadela para adverti-la de que tinha esquecido seu chapéu — uma outra vez seu lenço.

Um dia (confessá-lo-ei?) sem este fiel criado que a alcançou no pé da escada, a atordoada se encaminhava para a corte sem espada, tão audaciosamente como o grão-mestre de cerimônias carregando a augusta batuta.

CAPÍTULO XV

— Vem, Joannetti — eu lhe disse — pendura este retrato.

Ele tinha me ajudado a limpar e sabia tanto sobre o que produziu o capítulo do retrato quanto sobre o que se passa na lua. Era justamente ele que me tinha apresentado a esponja molhada e que, por este ato, aparentemente indiferente, tinha feito minha alma percorrer cem milhões de lugares em um instante. Ao invés de recolocá-lo no lugar ele parou, por sua vez, para enxugá-lo. — Uma dificuldade, um problema para resolver lhe dava um ar de curiosidade que eu percebi.

— Vejamos — eu lhe disse — o que encontras para criticar nesse retrato?

— Oh! nada, *monsieur*.

— Mas considera!

Ele o colocou sobre uma das prateleiras da minha escrivaninha; depois, distanciando-se de alguns passos:

— Eu queria — ele disse — que o senhor me explicasse porque esse retrato me olha sempre, qualquer que seja o lugar do quarto onde estou. Pela manhã, quando arrumo a cama, sua figura me olha e ainda me segue com os olhos enquanto me movo.

— De forma que, Joannetti — eu lhe disse —, se o quarto estivesse cheio de gente, esta bela dama repararia em todo mundo e em todos os cantos ao mesmo tempo?

— Oh, sim, *monsieur*.

— Ela sorriria para os que vão e vêm como para mim?

Joannetti não respondeu nada. — Estendi-me em minha poltrona e, baixando a cabeça, deixei-me levar pelas meditações mais sérias. — Que iluminação! Pobre amante! Enquanto te entedias longe de tua amante, junto de quem talvez já tenhas sido substituído; enquanto fixas avidamente teu olhos sobre seu retrato e imaginas (ao menos em pintura) ser o único olhado, a pérfida esfinge, tão infiel como a original, leva seus olhares sobre o que a cerca, e sorri para todo mundo.

Aí está uma similaridade moral entre certos retratos e seus modelos, que nenhum filósofo, nenhum pintor, nenhum observador tinha ainda percebido.

Eu caminho de descobertas em descobertas.

CAPÍTULO XVI

Joannetti estava ainda na mesma posição esperando a explicação que ele tinha me pedido. Fiz sair minha cabeça das dobras de minha *roupa de viagem*, onde tinha me afundado para meditar à vontade e para chegar às tristes reflexões que acabo de fazer.

— Não vês, Joannetti —, eu lhe disse depois de um momento de silêncio e virando a minha poltrona para o seu lado —, não vês que um quadro, sendo uma superfície plana, os raios de luz que partem de cada ponto desta superfície...?

Joannetti, com esta explicação, abriu tanto os olhos que deixava ver sua pupila inteira; além disso tinha a boca entreaberta: esses dois movimentos da figura humana anunciam, segundo o famoso Le Brun,[6] a última etapa do espanto. Era a minha besta, sem dúvida, que tinha se colocado em tal conversa; minha alma, aliás, sabia que Joannetti ignora completamente o que é uma superfície plana, e mais ainda o que são os raios de luz: a prodigiosa abertura de suas pálpebras tendo me feito voltar para mim mesmo, reenfiei a cabeça no colete da minha roupa de viagem e lá a afundei de tal modo que quase a escondi inteira.

Resolvi jantar ali mesmo: a manhã já tinha se adiantado bastante, um passo a mais no meu quarto teria levado meu almoço para a noite. Escorreguei até a borda da minha poltrona e, pondo os dois pés sobre a lareira, esperei pacientemente pela refeição. Essa é uma atitude deliciosa: seria, eu acho, bem difícil de encontrar uma outra que reunisse tantas vantagens e que fosse tão cômoda para as paradas em uma viagem.

Rosine, minha fiel cachorrinha, nunca deixa então de vir puxar as abas da minha casaca de viagem para que eu a pegue no colo; ela encontra um leito pronto e bem cômodo no ângulo que formam as duas partes de meu corpo: uma consoante V representa à maravilha minha situação. Rosine se atira sobre mim se eu não a pego logo que pede. Eu a encontro lá com frequência sem saber como ela veio parar ali. Minhas mãos se ajeitam sozinhas da maneira mais favorável ao seu bem-estar seja porque há uma simpatia entre esta amável besta e a minha, seja porque apenas o acaso o decide – mas não creio absolutamente no acaso,

---

[6] Charles Le Brun (1619–1690), pintor e arquiteto francês. Pintor de grandes motivos históricos e religiosos, domina a pintura do século XVII francês, tendo se ligado ao reino de Luís XIV. Nomeado primeiro pintor, foi encarregado da decoração de Versalhes. Escreveu também um *Traité de physionomie*, a que X. de Maistre faz referência.

nesse triste sistema, nessa palavra que não significa nada. — Acreditaria antes no magnetismo[7]; — acreditaria antes no martinismo[8]. Não, não acreditaria nisso jamais.

Há uma tal realidade nas relações que existem entre esses dois animais que quando ponho os dois pés na lareira, por pura distração, quando a hora do almoço ainda está distante, e eu ainda nem penso em fazer uma *parada*, Rosine, entretanto, já responde a esse movimento, trai o prazer que experimenta mexendo levemente a cauda; a discrição a retém em seu lugar, e a *outra*, que percebe, lhe é grata: ainda que incapazes de raciocinar sobre a causa que produz tudo isso, entre elas se estabelece um diálogo mudo, uma relação de sensação muito agradável e que não deveria ser atribuída, de todo, ao acaso.

CAPÍTULO XVII

Que não me reprovem por ser prolixo nos detalhes, é a maneira dos viajantes. Quando partimos para subir o Mont Blanc, quando vamos visitar a larga abertura do túmulo de Empédocles,[9] não paramos nunca de descrever exatamente as menores circunstâncias, o número de pessoas, o de mulas, a qualidade das provisões, o excelente apetite dos viajantes, tudo enfim, até os passos em falso das montarias, é registrado cuidadosamente no diário, para a instrução do universo sedentário. Por este princípio, resolvi falar de minha querida Rosine, adorável animal de que gosto com verdadeira afeição, e consagrar-lhe um capítulo inteiro.

---

[7] Trata-se aqui de Antoine Mesmer (1733–1815), médico vienense que se estabeleceu em Paris. O "magnetismo animal" postulava que os corpos são suscetíveis a serem modificados pelos "fluxos" atmosféricos e pelos fluidos elétricos.
[8] Teoria mística que ganhou o nome de seu fundador, Martines de Pasqually, figura de identidade controversa morta em 1778.
[9] Uma das versões para a morte do filósofo grego Empédocles afirma que ele se atirou na cratera do vulcão Etna.

Nesses seis anos que vivemos juntos não houve nenhum esfriamento entre nós; ou, se algumas altercações se colocaram entre ela e eu, asseguro de boa fé que o maior erro sempre esteve do meu lado e que Rosine sempre deu os primeiros passos na direção da reconciliação.

À noite, quando é repreendida, ela se retira tristemente e sem murmurar: no dia seguinte, às primeiras luzes da manhã ela está ao lado da minha cama, numa atitude respeitosa e, ao menor movimento de seu mestre, ao menor sinal de despertar, ela anuncia sua presença pelos batimentos precipitados da sua cauda na minha mesa de cabeceira.

E por que eu recusaria minha afeição a este ser carinhoso que jamais deixou de me amar desde o momento em que começamos a viver juntos? Minha memória não seria suficiente para enumerar as pessoas que se interessaram por mim e me esqueceram. Tive alguns amigos, muitas amantes, uma multidão de ligações, ainda mais conhecidos; e, entretanto, não sou mais nada para todo este mundo que até meu nome esqueceu.

Quantos protestos, quantas ofertas de ajuda! Eu poderia contar com sua fortuna, sua amizade eterna e sem reservas!

Minha querida Rosine, que não me ofereceu nenhum serviço, me dá a maior ajuda que se pode dar à humanidade: ela me amava antes e ainda me ama hoje. E também, eu não temo dizê-lo, eu a amo com uma porção do mesmo sentimento que dedico aos meus amigos.

Que se diga o que se quiser.

CAPÍTULO XVIII

Deixamos Joannetti na atitude de espanto, imóvel na minha frente, esperando o fim da sublime explicação que eu tinha começado.

Quando me viu afundar de repente a cabeça em meu roupão e terminar assim a minha explicação, não duvidou nem um instante que eu fosse ficar mudo por falta de boas razões, e não me imaginava, em consequência disso, terrificado pela dificuldade que ele tinha me proposto.

Apesar da superioridade que ele ganhava sobre mim, ele não demonstrou o menor orgulho e absolutamente não procurou se aproveitar de sua vantagem. – Depois de um pequeno momento de silêncio, ele pegou o retrato, recolocou-o no lugar, e se retirou delicadamente, na ponta dos pés. Sentiu que a sua presença era uma espécie de humilhação para mim, e sua delicadeza lhe sugeriu que se retirasse sem me deixar perceber. – Sua conduta, nesta ocasião, me interessou vivamente, e o colocou para sempre em um bom lugar no meu coração. Ele terá, sem dúvida, um lugar no do leitor; e, se ele for alguém sensível o suficiente para recusá-lo depois de ter lido o capítulo seguinte, o céu lhe deu, sem dúvida, um coração de mármore.

CAPÍTULO XIX

– Por Deus! – eu lhe disse um dia –, é a terceira vez que eu ordeno que me compres uma escova. Que cabeça! Que animal!

Ele não disse uma palavra: já não tinha dito nada a um insulto parecido na véspera. "Ele é tão conscencioso!" dizia eu; e não imaginava nada.

– Vai procurar um pano para limpar meus sapatos – eu disse, encolerizado.

Enquanto ele ia, arrependia-me de ter sido duro com ele. Minha raiva passou imediatamente quando vi o cuidado com que se encarregava de tirar a poeira de meus sapatos sem tocar em minhas meias. Apoiava minha mão sobre ele em sinal de reconciliação. "Ora! disse então para mim mesmo, há então homens que limpam os sapatos dos outros por dinheiro?" A palavra dinheiro foi um traço de luz que me esclareceu. Lembrei-me de repente que fazia muito tempo que eu não dava nenhum ao meu criado.

— Joannetti, eu lhe disse retirando meu pé, tens algum dinheiro?

Um meio sorriso de justificação apareceu em seus lábios a essa pergunta.

— Não, senhor, há oito dias que não tenho um centavo; gastei tudo que me pertencia para suas compras.

— E a escova? É por isso, então, que...

Ele sorriu de novo. Ele poderia ter dito a seu mestre: "Não, não sou um cabeça vazia, um *animal*, como tivestes a crueldade de dizer a vosso fiel servidor. Pagai-me 23 libras, dez soldos e quatro *deniers* que me deveis, e eu comprarei vossa escova." Ele se deixou maltratar injustamente para não expor seu mestre à vergonha de sua própria cólera.

Que o céu o abençoe! Filósofos, cristãos! Vocês leram isso?

— Toma, Joannetti — disse —, corra comprar a escova.

— Mas, *monsieur*, quereis ficar assim com um sapato branco e outro preto?

— Vai, eu te digo, compra a escova; deixa, deixa esta poeira sobre o meu sapato.

Ele saiu; peguei o pano e limpei deliciosamente meu sapato esquerdo sobre o qual deixei cair uma lágrima de arrependimento.

CAPÍTULO XX

As paredes de meu quarto estão guarnecidas de estampas e quadros que o embelezam singularmente. Gostaria de todo meu coração de fazê-los examinar pelo leitor um a um, para agradá-lo e distraí-lo ao longo do caminho que ainda devemos percorrer até chegar a minha escrivaninha; mas é tão impossível explicar claramente um quadro quanto fazer um retrato semelhante a partir de uma descrição.

Que emoção não experimentaria, por exemplo, contemplando a primeira estampa que se apresenta ao olhar! – Veria ali a infeliz Carlota, enxugando lentamente, com uma mão trêmula, as pistolas de Alberto.[10] Negros pressentimentos e todas as angústias do amor sem esperança e sem consolação estão impressas em sua fisionomia; enquanto o frio Alberto, cercado de pastas de processos e de velhos papéis de toda espécie, se volta friamente para desejar boa viagem a seu amigo. Quantas vezes já não tentei quebrar o vidro que cobre esta estampa, para arrancar este Alberto de sua mesa, insultá-lo, massacrá-lo! Mas ainda sobrarão muitos Albertos nesse mundo. Que homem sensível não tem o seu, com quem é obrigado a viver e contra quem os arrebatamentos da alma, as doces emoções do coração e os impulsos da imaginação se chocam como ondas contra os rochedos? – Feliz daquele que encontra um amigo cujo coração e espírito lhe convêm, um amigo que a ele se une para uma conformidade de gostos, de sentimentos e de conhecimentos; um amigo que não seja atormentado pela ambição ou pelo interesse; – que prefere a sombra de uma árvore à pompa de uma corte!

Feliz daquele que possui um amigo!

CAPÍTULO XXI

Eu tinha um: a morte arrancou-o de mim; ela o alcançou no começo de sua carreira, no momento em que sua amizade tinha se tornado uma necessidade imperativa para meu coração. – Nós nos sustentávamos mutuamente nos trabalhos penosos da guerra; só tínhamos um cachimbo para os dois, bebíamos do mesmo copo, dormíamos sob o mesmo teto e, nas circunstâncias infelizes em que estamos, o lugar onde vivíamos juntos era para nós uma nova pátria: eu o vi como alvo de todos os perigos da guerra, e de

---

[10] Personagens do *Werther* de Goëthe. Na cena descrita do romance, Alberto entrega ao servo de Werther as pistolas com que este cometerá o suicídio.

uma guerra desastrosa. A morte parecia nos economizar um para o outro: ela esgotou mil vezes seus tiros em volta dele sem atingi-lo; mas isso foi para me fazer mais sentida a sua perda. O tumulto das armas, o entusiasmo que se apodera da alma exposta ao perigo teriam impedido seus gritos de chegar ao meu coração. Sua morte teria sido útil a seu país e funesta para os inimigos: eu a teria sentido menos. Mas a perda no meio das delícias de um acampamento de inverno! Vê-lo expirar nos meus braços no momento em que ele parecia transbordar de saúde, no momento em que nossa ligação se estreitava mais pelo repouso e pela tranquilidade! – Ah! eu jamais me consolarei!

Entretanto sua memória vive apenas no meu coração; não existe mais entre aqueles que viviam ao seu lado e que o substituíram: essa ideia me faz ainda mais penoso o sentimento da sua perda. A natureza, igualmente indiferente à sorte dos indivíduos, veste novamente o seu brilhante vestido de primavera e se enfeita com toda sua beleza em torno do cemitério onde ele repousa. As árvores se cobrem de folhas e entrelaçam seus galhos, os pássaros cantam sob a folhagem; os insetos zumbem em volta das flores; tudo respira a alegria e a vida no repouso da morte. – E à noite, enquanto a lua brilha no céu, e eu medito perto desse lugar triste, escuto o grilo perseguir alegremente seu canto infatigável, escondido sob a erva que cobre o túmulo silencioso do meu amigo. A destruição insensível dos seres, e todas as infelicidades da humanidade, nada são perto do grande todo. – A morte de um homem sensível que expira em meio a seus amigos desolados e a de uma borboleta que o ar frio da manhã faz perecer no cálice de uma flor são duas etapas comparáveis no curso da natureza. O homem não é nada além de um fantasma, uma sombra, um vapor que se dissipa no ar...

Mas a aurora matinal começa a clarear o céu; as negras ideias que me agitavam desaparecem com a noite e a esperança renasce no meu coração. — Não, aquele que inunda assim o oriente de luz não o fez brilhar assim aos meus olhos para mergulhá-los em seguida na noite do nada. Aquele que estende este horizonte incomensurável, aquele que eleva essas massas enormes, cujo sol doura os picos gelados, é também aquele que ordenou ao meu coração que batesse e ao meu espírito que pensasse.

Não, meu amigo não entrou no nada; qualquer que seja a barreira que nos separa eu o verei de novo. — Não é sobre um silogismo que eu fundo a minha esperança. — O voo de um inseto que atravessa os ares é suficiente para me persuadir; e frequentemente a vista do campo, o perfume dos ares e eu não sei que encanto espalhado a minha volta elevam de tal maneira meus pensamentos que uma prova invencível da imortalidade entra com violência em minha alma e a ocupa por inteiro.

CAPÍTULO XXII

Há muito tempo o capítulo que acabo de escrever se apresentava a minha pena e eu o tinha sempre rejeitado. Tinha me prometido deixar ver neste livro apenas a face risonha de minha alma, mas esse projeto me escapou como tantos outros: espero que o leitor sensível me perdoe de lhe ter pedido algumas lágrimas; e se alguém acha que na verdade eu poderia ter suprimido esse capítulo triste, pode arrancá-lo de seu exemplar, ou mesmo jogar o livro no fogo.

Basta que o consideres de acordo com teu coração, minha querida Jenny,[11] tu, a melhor e a mais amada das mulheres; — tu, a melhor e a mais amada das irmãs; é a ti que dedico minha obra: se ela tem tua aprovação terá a de todos os corações sensíveis e delicados; e se perdoas as loucuras que algumas vezes, contra a minha vontade, me escapam, enfrento todos os censores do universo.

---
[11] Jeanne-Baptiste de Maistre (1762–1824), uma das irmãs do autor.

CAPÍTULO XXIII

Direi apenas uma palavra sobre a outra estampa.

É a família do infeliz Ugolino expirando de fome: em volta dele, um de seus filhos está estendido sem movimentos a seus pés, os outros lhe estendem os braços enfraquecidos e lhe pedem pão, enquanto o pai infeliz, apoiado contra uma coluna da prisão, o olho fixo e selvagem, o rosto imóvel, na horrível tranquilidade que advém do último período de desespero, morre por sua vez a sua própria morte e a de seus filhos, e sofre tudo que a natureza humana pode sofrer.

Bravo cavaleiro de Assas,[12] aí estás expirando sob cem baionetas, por um esforço de coragem, por um heroísmo que não vemos mais hoje em dia!

E tu que choras sob estas palmeiras, negra infeliz! tu que um bárbaro, que sem dúvida não era inglês, traiu e desamparou; — que posso dizer? tu que ele teve a crueldade de vender como uma vil escrava apesar do teu amor e dos teus serviços, apesar do fruto da tua ternura que levas no ventre, — não passarei jamais frente a tua imagem sem render a homenagem devida a tua sensibilidade e teus infortúnios![13]

Paremos um instante frente a esse outro quadro: uma jovem pastora que cuida sozinha de seu rebanho no alto dos

---

[12] Nicolas d'Assas (1733–1760), capitão durante a Guerra dos sete anos, morreu como herói ao ser surpreendido pelo inimigo em uma patrulha noturna.

[13] É possível que o autor esteja aqui se referindo à história do livro *Narrative of Joanna*, de John Gabriel Stedman, que conta a história de uma negra, grávida de seu raptor branco, inglês, que foi vendida como escrava na América do Sul. Esse livro é na verdade um excerto das crônicas de viagem intituladas *Narrative of a Five Years' Expedition Against the Revolted Negroes of Surinam, in Guiana, on the Wild Coast of South America, from the Year 1772 to 1777*, que foi publicado originalmente em 1796, um ano depois da primeira publicação de *Voyage autour de ma chambre*. Histórias como essa, entretanto, datadas do final do século XVIII e início do XIX, já retratavam o horror — humanista para os românticos, capitalista para os governos — que a Europa começava a sentir em relação ao mundo escravocrata que ela própria tinha criado, e que geraria, no decorrer do século XIX, os movimentos antiescravagistas. A observação de Xavier de Maistre, sobre o bárbaro que "não era inglês", é certamente irônica.

Alpes:[14] ela está sentada sobre um velho tronco de pinheiro recoberto por grandes folhas de um tufo de cacália cuja flor lilás se ergue acima da sua cabeça. A lavanda, o tomilho, a anêmona, a centáurea, flores de todo tipo, que cultivamos com dificuldade em nossas serras e jardins, e que nascem nos Alpes em toda sua beleza primitiva, formam o tapete brilhante sobre o qual erram suas ovelhas. — Amável pastora, dize-me onde se encontra o canto feliz da terra onde moras? de que aprisco distante partiste esta manhã ao nascer do sol? — Eu poderia morar contigo? — Mas, pobre de mim! a doce tranquilidade que gozas não tardará a desaparecer: o demônio da guerra, não contente em desolar as cidades, vai logo levar a desordem e o medo até teu retiro solitário. Os soldados já avançam; eu os vejo subir de montanha em montanha e se aproximar das nuvens. — O barulho do canhão se faz ouvir na alta morada da tempestade. — Foge, pastora, apressa teu rebanho, esconde-te nas grotas mais distantes e mais selvagens: não há mais repouso nesta triste terra!

CAPÍTULO XXIV

Não sei como isso me acontece: há algum tempo meus capítulos terminam sempre com um tom sinistro. Em vão, quando os inicio, fixo meus olhares em algum objeto agradável, em vão embarco em calmaria — logo enfrento uma borrasca que me faz derivar. Para pôr fim a essa agitação que não me deixa o controle de minhas ideias, e para pacificar os batimentos do meu coração, que tantas imagens tocantes agitaram demais, não vejo outro remédio senão uma dissertação.

Sim, quero colocar esse pedaço de vidro em meu coração.

---

[14] Trata-se, provavelmente, de um quadro do próprio autor, intitulado *La Bergère des Alpes*.

E esta dissertação será sobre a pintura; porque não há meio agora de dissertar sobre outro assunto. Não posso de qualquer modo descer do ponto a que subi há pouco: além disso, é a obsessão de meu tio Tobie.[15]

Queria dizer, *en passant*, algumas palavras sobre a questão da preeminência entre a sedutora arte da pintura e a da música: sim, quero colocar algo na balança, ainda que seja um grão de areia, um átomo.

Diz-se em favor do pintor que ele deixa alguma coisa depois dele; seus quadros sobrevivem a ele e eternizam sua memória.

Responde-se que os compositores deixam também óperas e concertos; – mas a música é sujeita à moda e a pintura não o é. Os pedaços de música que tocaram nossos avós são ridículas para os amantes de hoje e nós os colocamos entre as operetas bufas, para fazer rir os netos daqueles que eles outrora faziam chorar.

Os quadros de Rafael encantarão nossa posteridade como fascinaram nossos ancestrais.

Aí está meu grão de areia.

CAPÍTULO XXV

– Mas que me importa, me disse um dia *madame* de Hautcastel, que a música de Cherubini ou de Cimarosa seja diferente daquela de seus predecessores? Que me importa que a música antiga me faça rir, contanto que a nova me enterneça deliciosamente? É necessário então para minha felicidade que meus prazeres se pareçam com os da minha trisavó? O que você me diz da pintura, uma arte que só é experimentada por uma classe bem pouco numerosa de pessoas, enquanto que a música encanta tudo que respira?

---

[15] Referência clara ao personagem de *Tristram Shandy*, de L. Sterne.

Não sei mais, neste momento, o que poderia ter respondido a essa observação, na qual eu não pensava ao começar esse capítulo.

Se eu a tivesse previsto, talvez não tivesse empreendido esta dissertação. E que não se tome isso de forma alguma como um preciosismo de músico. — Palavra de honra que não o sou; — não, eu não sou músico: uso o céu por testemunha assim como todos aqueles que me ouviram tocar violão.

Mas, supondo o mérito da arte idêntico de um lado e de outro, não seria necessário se apressar para atribuir mérito de arte ao mérito do pintor. — Veem-se crianças tocarem cravo como grandes mestres; jamais se vê um bom pintor de doze anos. A pintura, além do gosto e do sentimento, exige uma cabeça pensante, que os músicos podem dispensar. Veem-se todos os dias homens sem cabeça e sem coração fazerem soar num violão, numa harpa, sons encantadores.

Pode-se educar a raça humana para tocar cravo e, quando ela é treinada por um bom mestre, a alma pode viajar à vontade enquanto os dedos vão maquinalmente tirar os sons em que ela absolutamente não se prende. — Não se poderia, ao contrário, pintar a coisa mais simples do mundo sem que a alma aí empregasse todas as suas faculdades.

Se, entretanto, alguém percebesse a distinção entre a música de composição e a de execução, asseguro que me embaraçaria um pouco. Ai de mim! Se todos os praticantes de dissertações tivessem boa-fé, seria assim que todas terminariam. — Ao começar o exame de uma questão, posto que já estamos intimamente convencidos, tomamos comumente o tom dogmático, como eu fiz para a pintura, apesar da minha hipócrita imparcialidade; mas a discussão levanta objeções — e tudo termina em dúvida.

CAPÍTULO XXVI

Agora que estou mais tranquilo vou me esforçar para falar sem emoção dos dois retratos que seguem o quadro d'*A pastora dos Alpes*.

Rafael! teu retrato só poderia ser pintado por ti. Quem mais ousaria fazê-lo? — Teu rosto aberto, sensível, espiritual, anuncia teu caráter e teu gênio.

Para agradar a tua sombra, coloquei perto de ti o retrato de tua amante, a quem todos os homens de todos os séculos pedirão eternamente contas pelas obras sublimes de que tua morte prematura privou as artes.

Quando eu examino o retrato de Rafael sinto-me invadido de um respeito quase religioso por este grande homem que, na flor da idade, ultrapassou toda a Antiguidade, e cujos quadros geram admiração e desespero nos artistas modernos. — Minha alma, admirando-o, experimenta um movimento de indignação contra esta italiana que preferiu seu amor a seu amante, e que apagou em seu seio esta chama celeste, este gênio divino.

Infeliz! tu não sabias então que Rafael tinha anunciado um quadro ainda melhor que o da *Transfiguração*? — Ignoravas que cingias em teus braços o favorito da natureza, o pai do entusiasmo, um gênio sublime, um deus?

Enquanto minha alma faz essas observações, sua *companheira*, fixando um olho atento no rosto encantador desta beleza funesta, sente-se pronta a perdoar-lhe a morte de Rafael.

Minha alma em vão lhe reprova sua fraqueza extravagante, ela nem é ouvida. — Entre essas duas senhoras se estabelece, em ocasiões desse tipo, um diálogo singular que frequentemente termina com vantagem para o *mau princípio*, e de que eu reservo uma amostra para um outro capítulo.

CAPÍTULO XXVII

As gravuras e os quadros de que acabo de falar empalidecem e desaparecem ao primeiro olhar que se lance sobre o quadro seguinte: as obras imortais de Rafael, de Corrège e de toda a escola da Itália não sustentariam o paralelo. E eu sempre o guardo para a última parte, a peça de reserva, quando dou a alguns curiosos o prazer de viajar comigo; e posso garantir que, assim que chamo a atenção para este quadro sublime dos conhecedores e dos ignorantes, das pessoas do mundo, dos artesãos, das mulheres e das crianças, mesmo dos animais, sempre vi quaisquer espectadores darem, cada um a sua maneira, sinais de prazer e de encantamento: de tal maneira a natureza ali foi admiravelmente manifesta!

Ah! que quadro poderia lhes ser apresentado, senhores; que espetáculo poderia ser posto sob seus olhos, senhoras, mais certo de seu voto, que a fiel representação de vocês mesmos? O quadro de que falo é um espelho, e ninguém até hoje se lembrou de criticá-lo; ele é, para todos que o olham, um quadro perfeito sobre o qual não há mais nada a ser dito.

Concordaríamos sem dúvida que ele deve ser considerado como uma das maravilhas da região onde passeio.

Passarei em silêncio pelo prazer que experimenta o físico meditando sobre os estranhos fenômenos da luz que representa todos os objetos da natureza sobre esta superfície polida. — O espelho apresenta ao viajante sedentário mil reflexões interessantes, mil observações que fazem dele um objeto útil e precioso.

Vocês, que o Amor teve ou tem ainda sob seu império, aprendam que é frente a um espelho que ele afia suas flechas e medita suas crueldades; é lá que ensaia suas manobras, que estuda seus movimentos, que se prepara por antecedência para a guerra que vai declarar; é lá que ele se exercita para os olhares doces, os pequenos melindres, os amuos astuciosos, como um ator ensaia para si mesmo antes de se apresentar para o público. Sempre imparcial e verdadeiro, um espelho devolve aos olhos do espectador as rosas da juventude e as rugas da idade, sem caluniar e sem envaidecer ninguém. – Único entre todos os conselhos dos grandes, ele diz constantemente a verdade.

Essa vantagem me tinha feito desejar a invenção de um espelho moral, onde todos os homens poderiam se ver com seus vícios e suas virtudes. Sonhava até em propor um prêmio a alguma academia por essa descoberta, até que reflexões maduras me provaram a inutilidade disso.

Ah, é tão raro que a feiúra se reconheça e quebre o espelho! Em vão os vidros se multiplicam em torno de nós e refletem com uma exatidão geométrica a luz e a verdade; no momento em que os raios vão penetrar em nossos olhos e nos pintam tais como somos, o amor-próprio insinua seu prisma enganador entre nós e nossa imagem e nos apresenta uma divindade.

E de todos os prismas que existiram, desde o primeiro que saiu das mãos do imortal Newton, nenhum possuiu uma força de refração tão forte e produziu cores tão agradáveis e tão vivas como o prisma do amor-próprio.

Ora, já que os espelhos comuns anunciam em vão a verdade e que cada um está contente de sua figura; já que eles não podem fazer o homem conhecer suas imperfeições físicas, de que serviria meu espelho moral? Pouca gente colocaria os olhos nele, e ninguém ali se reconheceria, exceto os filósofos. – Mesmo deles duvido um pouco.

Tomando o espelho pelo que ele é, espero que ninguém me culpe por tê-lo colocado acima de todos os quadros da Escola da Itália. As damas, cujo gosto não saberia fingir, e cuja decisão deve regular tudo, lançam comumente seu primeiro olhar sobre este quadro quando elas entram em um aposento.

Milhares de vezes vi damas, e mesmo cavalheiros, esquecerem seus amantes no baile, a dança e todos os prazeres da festa, para contemplar, com uma evidente indulgência, este quadro encantador – e honrarem-lhe ainda com um olhar, de tempos em tempos, no meio da contradança mais animada.

Quem poderia então disputar o posto que lhe atribuo entre as obras-primas da arte de Apeles?[16]

CAPÍTULO XXVIII

Tinha enfim chegado perto de minha escrivaninha; esticando os braços até já poderia tocar o ângulo mais perto de mim, quando me vi no momento de destruir todos os meus trabalhos, e de perder a vida. – Eu deveria deixar passar em silêncio o acidente que me aconteceu, para não desencorajar os viajantes; mas é tão difícil de cair da carruagem de que me sirvo que, convenhamos, é preciso ser infeliz ao extremo – tão infeliz como eu sou, para correr tal perigo. Encontrei-me estendido por terra, completamente virado e revirado; e tão rápido, tão inopinadamente, que teria sido tentado a colocar em dúvida a minha infelicidade, se pontadas na cabeça e uma dor violenta no ombro esquerdo não me provassem tão avidamente a sua autenticidade.

Foi ainda um mal passo da *minha metade*. Assustada pela voz de um pobre que de repente pedia esmola em minha porta, e pelos latidos de Rosine, ela fez cair bruscamente a minha poltrona, antes que minha alma tivesse tempo de lhe advertir que faltava um calço atrás; a impulsão foi tão violenta que minha carruagem se achou absolutamente fora do seu centro de gravidade e virou sobre mim.

Aí está, asseguro, uma das ocasiões onde tive mais de que me queixar de minha alma; porque, no lugar de estar

---
[16] Pintor grego do século 4 a.C. [N. da T.]

aborrecida pela falta que acabara de fazer, e repreender sua companheira por sua precipitação, ela se descuidou a ponto de partilhar o ressentimento mais *animal*, e de maltratar com palavras aquele pobre inocente.

— Vadio, vá trabalhar! — ela lhe disse (invectiva execrável, inventada pela avara e cruel riqueza!).

— Senhor — ele disse para me comover —, eu sou Chambéry...

— Azar seu.

— Sou Jacques; o senhor me viu no campo; era eu quem levava os carneiros para o campo.

— O que o senhor faz aqui?

Minha alma começava a se arrepender da brutalidade de minhas primeiras palavras. — Acredito mesmo que ela tinha se arrependido um instante antes de deixá-las escapar. É assim que, quando encontramos inopinadamente, no nosso caminho, um buraco ou um charco, nós o vemos, mas não temos mais tempo de evitá-lo.

Rosine conseguiu me devolver o bom-senso e o arrependimento: ela tinha reconhecido *Jacques*, que tinha muitas vezes dividido seu pão com ela, e lhe testemunhava, com carinhos, sua lembrança e seu reconhecimento.

Enquanto isso, Joannetti, tendo reunido os restos do meu jantar que estavam destinados para o seu próprio, deu-os para *Jacques* sem hesitar.

Pobre Joannetti!

É assim que, em minha viagem, vou recebendo lições de filosofia e de humanidade de meu criado e de meu cachorro.

CAPÍTULO XXIX

Antes de ir mais longe, quero destruir uma dúvida que poderia ter se introduzido no espírito dos meus leitores.

Não gostaria que, por nada nesse mundo, desconfiassem que eu empreendi essa viagem unicamente por não saber o que fazer, e forçado, de alguma forma, pelas circunstâncias: asseguro aqui, e juro por tudo que me é caro, que eu tinha o plano de empreendê-la muito tempo antes do acontecimento[17] que me fez perder minha liberdade durante quarenta e dois dias. Esta licença forçada foi apenas uma ocasião de me colocar na estrada mais cedo.

Sei que a declaração gratuita que faço aqui parecerá suspeita para certas pessoas; — mas sei também que as pessoas desconfiadas não lerão esse livro: já têm ocupações suficientes nas suas casas e nas de seus amigos; têm mesmo outros assuntos: e as boas pessoas acreditarão em mim.

Concordo, entretanto, que teria preferido me ocupar desta viagem em um outro momento e que teria escolhido, para executá-la, mais a quaresma que o carnaval: de qualquer modo, reflexões filosóficas, que me vieram do céu, me ajudaram muito a suportar a privação dos prazeres que Turim apresenta em quantidade nesses momentos de barulho e de agitação. — Certamente, eu me dizia, as paredes do meu quarto não são tão magnificamente decoradas quanto as de um salão de baile: o silêncio de minha *cabine* não vale o agradável barulho da música e da dança; mas, entre as brilhantes personagens que encontramos nessas festas, é certo que há algumas mais entediadas que eu.

E por que eu teimaria em considerar os que estão em uma situação agradável, enquanto o mundo formiga de pessoas mais infelizes que eu na minha? — No lugar de me transportar pela imaginação para esse soberbo cassino de diversões, onde tantas belezas são eclipsadas pela jovem Eugénie, para me pensar feliz tenho que apenas parar um instante ao longo das ruas que conduzem para lá. — Um punhado de desafortunados, deitados seminus sob os pórticos

---

[17] Um duelo do qual o autor tomou parte, quando era membro da guarnição de Alexandria.

de prédios suntuosos, parecem próximos de morrer de frio e miséria.

Que espetáculo! Queria que esta página do meu livro fosse conhecida de todo o universo; queria que se soubesse que, nesta cidade, onde tudo respira opulência, durante as noites mais frias de inverno, uma multidão de infelizes dorme ao relento, a cabeça apoiada sobre uma pedra ou sobre a soleira de um palácio.

Aqui, um grupo de crianças apertadas umas contra as outras para não morrer de frio. – Lá, uma mulher tremente e sem voz para queixar-se. – Os passantes vão e vêm, sem ficarem emocionados com um espetáculo ao qual estão acostumados. – O barulho das carruagens, a voz da intemperança, os sons encantadores da música, se misturam às vezes aos gritos destes infelizes, e formam uma horrível dissonância.

CAPÍTULO XXX

Aquele que se apressasse a julgar uma cidade a partir do capítulo precedente se enganaria muito. Falei dos pobres que lá encontramos, de seus gritos comoventes e da indiferença de algumas pessoas em relação a eles; mas não disse nada da multidão de homens caridosos que dormem enquanto os outros se divertem, que se levantam cedo no começo do dia e vão socorrer o infortúnio, sem testemunho e sem ostentação. – Não, não deixarei isso em silêncio: – quero escrever sobre o reverso da página *que todo o universo deve ler*.

Depois de ter assim partilhado sua fortuna com seus irmãos, depois de ter derramado bálsamo nesses corações despedaçados pela dor, eles vão para as igrejas, enquanto o vício fatigado dorme sobre o edredom, oferecer a Deus suas orações e lhe agradecer suas dádivas: a luz da lâmpada solitária enfrenta ainda no templo a do dia nascente e eles já estão prostrados ao pé dos altares; – e o Eterno, irritado pela duração da avareza dos homens, detém seu raio pronto para punir.

CAPÍTULO XXXI

Quis dizer alguma coisa sobre estes infelizes na minha viagem, porque a ideia da sua miséria com frequência me desviou do caminho. Às vezes tocado pela diferença de sua situação e da minha, parava de repente minha berlinda, e meu quarto me parecia prodigiosamente embelezado. Que luxo inútil! Seis cadeiras! duas mesas! uma escrivaninha! um espelho! que ostentação! Minha cama, sobretudo, minha cama, cor de rosa e branca, e minhas duas cobertas, me pareciam desafiar a magnificência e a moleza dos monarcas da Ásia. – Estas reflexões me fizeram indiferente aos prazeres que me haviam garantido: e, de reflexões em reflexões, meu acesso de filosofia chegava a tal ponto que eu teria visto um baile no quarto vizinho, que eu teria ouvido o som de violinos e clarinetes, sem sair do meu lugar; – teria ouvido com meus dois ouvidos a voz melodiosa de Marchesini,[18] essa voz que me pôs tantas vezes fora de mim – sim, eu o teria ouvido sem tremer; – ainda mais, teria olhado sem a menor emoção a mais bela mulher de Turim, a própria Eugénie, arrumada dos pés à cabeça pelas mãos de *Mademoiselle* Rapous.[19] – Isso, no entanto, não é bem certo.

CAPÍTULO XXXII

Mas, permitam-me perguntar, senhores, vocês se divertem tanto quanto antes no baile e no teatro? – Para mim, asseguro, há algum tempo todas as assembleias numerosas

---

[18] Castrato italiano (1755–1829) de grande sucesso, cujo nome verdadeiro era Louis Marchesi.
[19] Modista famosa no momento em que o autor escrevia a obra.

me inspiram um certo terror. Nelas me vejo assolado por um sonho sinistro. — Em vão faço esforços para espantá-lo, ele volta sempre, como o de *Athalie*.[20] — Talvez porque a alma, inundada hoje de ideias negras e quadros dolorosos, encontra em todos os lugares razões para tristeza — como um estômago viciado converte em veneno os alimentos mais saudáveis. De qualquer modo, aí está meu sonho: quando estou em uma dessas festas, no meio dessa multidão de homens amáveis e calorosos, que dançam, que cantam — que choram nas tragédias, que só demonstram alegria, franqueza e cordialidade, digo a mim mesmo: — Se, nessa assembleia educada, entrasse de repente um urso branco, um filósofo, um tigre, ou qualquer outro animal desta espécie, e, subindo até a orquestra, ele gritasse com uma voz furiosa:

— Humanos infelizes! ouçam a verdade que lhes fala pela minha boca: vocês são oprimidos, tiranizados, vocês são infelizes, vocês se entediam. Saiam dessa letargia! Vocês, músicos, comecem por quebrar esses instrumentos sobre as suas cabeças; que cada um se arme de um punhal; a partir de agora não pensem mais em diversões nem em festas; subam às coxias, degolem todo mundo; que as mulheres também mergulhem suas mãos tímidas no sangue! Saiam, vocês estão livres, arranquem seu rei de seu trono e seu Deus de seu santuário!

Pois bem! Isso que o tigre disse, quantos desses homens *encantadores* executariam? — Quantos talvez pensassem nisso antes que ele entrasse? Quem o sabe? — Não se dançava em Paris há cinco anos atrás?[21]

— Joannetti, fecha as portas e as janelas. — Não quero

---

[20] Personagem que dá nome a uma das tragédias de Racine. Athalie, rainha de Judá, após ter eliminado sua família para evitar possíveis herdeiros do trono, tem um sonho recorrente com um menino que ela acaba por encontrar e que, ela não sabe, é seu neto, salvo ainda bebê do seu projeto assassino.

[21] "Vê-se que esse capítulo foi escrito em 1794; é fácil de se perceber lendo

mais ver a luz; que nenhum homem entre em meu quarto; — coloca meu sabre ao alcance de minha mão — sai mesmo tu, e não reaparece mais na minha frente!

CAPÍTULO XXXIII

— Não, não, fica, Joannetti; fica, pobre menino: e tu também, Rosine; tu que adivinhas minhas dores e que as ameniza com teus carinhos; vem, minha Rosine; vem. Consoante V e moradia.[22]

CAPÍTULO XXXIV

A queda de minha poltrona prestou ao leitor o serviço de reduzir minha viagem de uma boa dúzia de capítulos, porque levantando eu estava frente a frente com a minha escrivaninha, e porque não tinha mais tempo de fazer reflexões sobre o número de estampas e quadros que eu ainda tinha a percorrer e que teriam podido alongar minhas excursões sobre pintura.

Deixando então à direita os retratos de Rafael e sua amante, o cavaleiro d'Assas e a pastora dos Alpes, seguindo à esquerda ao lado da janela, descobrimos a minha escrivaninha: é o primeiro e mais visível objeto que se apresenta aos olhos do viajante, seguindo a estrada que acabo de indicar.

Acima dela há algumas prateleiras que servem de biblioteca; — o todo é coroado por um busto que termina a pirâmide, e este é o objeto que mais contribui para o embelezamento da região.

Abrindo a primeira gaveta à direita, encontramos um escrínio, papel de todo tipo, penas todas apontadas, cera

---

a obra que ele foi abandonado e retomado." [N. do A.] agregada à edição de 1839.

[22] Ver capítulo XVI. O narrador oferece aqui, à cachorrinha Rosine, a consoante v — a posição em V em que ele se coloca para lhe dar colo — e moradia.

para lacrar. – Tudo isso daria vontade de escrever mesmo ao ser mais indolente. – Estou certo, minha cara Jenny, que, se por acaso abrisses esta gaveta, responderias à carta que te escrevi no ano passado. – Na gaveta oposta jazem confusamente empilhados os materiais da enternecedora história da prisioneira de Pignerol, que vocês lerão em seguida, meus queridos amigos.[23]

Entre estas duas gavetas há uma depressão onde jogo as cartas à medida que as recebo: lá se encontram todas aquelas que recebi nos últimos dez anos; as mais antigas estão arrumadas, segundo suas datas, em muitos pacotes, as novas estão misturadas; restam-me muitas que datam do início da minha juventude.

Que prazer rever nessas cartas as situações interessantes dos nossos verdes anos, sermos transportados de novo para esses tempos felizes que não veremos mais!

Ah! como meu coração está repleto! Como ele se deleita tristemente enquanto meus olhos percorrem as linhas traçadas por um ser que não existe mais! Aí está sua grafia, seu coração conduzia sua mão, para mim ele escrevia esta carta, e esta carta é tudo que me resta dele!

Quando coloco a mão neste reduto, é raro a tire dali durante todo o dia. É assim que o viajante atravessa rapidamente algumas províncias da Itália, fazendo com pressa algumas observações superficiais, para se fixar em Roma durante meses inteiros. – É o mais rico veio da mina que exploro. Que mudança nas minhas ideias e nos meus sentimentos! Que diferença nos meus amigos! Quando os examino nesse tempo e hoje, vejo-os mortalmente agitados pelos projetos que hoje não mais lhes dizem respeito. Olhamos um acontecimento como uma grande infelicidade; mas falta o fim da carta, e o fim do acontecimento

---

[23] O autor não manteve a palavra; e se qualquer coisa apareceu sob esse título, o autor da *Viagem em torno do meu quarto* declara que ele não tem nada a ver com isso. [N. do A.]

é completamente esquecido: não posso saber do que se tratava — mil prejulgamentos nos assaltavam; o mundo e os homens nos eram totalmente desconhecidos, mas também que calor havia nas nossas trocas! que ligação íntima! que confiança sem limites!

Éramos felizes com nossos erros. — E agora: — Ah! não é mais assim; foi necessário que lêssemos, como os outros, no coração humano; e a verdade, caindo no meio de nós como uma bomba, destruiu para sempre o palácio encantado da ilusão.

CAPÍTULO XXXV

Só caberia a mim fazer um capítulo sobre esta rosa seca que aí está, se o assunto valesse a pena: é uma flor do carnaval do ano passado. Eu mesmo tinha ido colhê-la nas serras do Valentin[24] e à noite, uma hora antes do baile, cheio de esperança e com uma agradável emoção, eu iria apresentá-la a *madame* de Hautcastel. Ela a pegou, colocou-a sobre a penteadeira sem olhá-la e sem olhar mesmo para mim. — Mas como ela poderia ter me dado atenção? estava ocupada olhando para si mesma. Em pé frente a um grande espelho, toda arrumada, dava um último toque em seus adornos: estava tão preocupada, sua atenção estava tão completamente absorvida pelas fitas, as gazes e os pompons de todo tipo amontoados a sua frente, que eu não consegui nem mesmo um olhar, um sinal. — Resignei-me: segurava humildemente os alfinetes prontos, arrumados na minha mão; mas sua almofadinha de alfinetes estando mais ao seu alcance, ela os pegava de sua almofadinha — e se eu estendesse a mão, ela os pegava da minha mão —, indiferentemente; e para pegá-los ela tateava, sem tirar os olhos de seu espelho, por medo de se perder de vista.

[24] Castelo real, situado fora de Turim, na altura da ponte suspensa, sobre a margem esquerda do Pó, e que foi transformado em uma fábrica de tabaco.

Segurei por algum tempo um segundo espelho atrás dela, para lhe permitir julgar melhor seus adornos; e, sua fisionomia se repetindo de um espelho em outro, vi então uma perspectiva de coquetes onde nenhuma me dava atenção. Enfim, deveria reconhecer? fazíamos, minha rosa e eu, uma muito triste figura.

Acabei por perder a paciência e, não podendo mais resistir ao despeito que me devorava, larguei o espelho que segurava e saí com um ar furioso, e sem pedir licença.

— Onde o senhor vai? — ela me disse virando-se de lado para ver seu perfil.

Não respondi nada; mas fiquei algum tempo escutando na porta, para saber o efeito que produziria minha saída.

— Não vês — ela dizia a sua camareira, depois de um instante de silêncio —, não vês que esse corselete é muito largo para meu tamanho, sobretudo em baixo, e que é preciso fazer uma pence com os alfinetes?

Como e por que essa rosa seca se encontra lá sobre uma prateleira da minha escrivaninha é o que eu certamente não direi, porque declarei que uma rosa seca não merece um capítulo.

Notem bem, minhas senhoras, que não faço nenhum comentário sobre a ventura da rosa seca. Não digo que *Madame* de Hautcastel fez bem ou mal por preferir, a mim os seus adornos, nem que eu tenha o direito de ser recebido de outra maneira.

Evito ainda com mais cuidado tirar conclusões gerais sobre a realidade, a força e a duração do afeto das damas por seus amigos. Eu me contento em lançar este capítulo (já que é um), de lançá-lo, digo, no mundo, com o resto da minha viagem, sem endereçá-lo a ninguém, e sem recomendá-lo a ninguém.

Acrescentaria apenas um conselho para vocês, senhores; coloquem bem na sua cabeça o fato de que em um dia de festa sua amante não lhes pertence mais.

No momento em que os adornos começam o amante não é mais que um marido, e o baile apenas se torna o amante.

Todo mundo sabe, de resto, o que ganha um marido em querer se fazer amado à força; recebam pois seu infortúnio com paciência e bom humor.

E não se iluda, senhor: se o senhor é tratado bem no baile, não é de forma alguma por sua qualidade como amante, é porque o senhor faz parte do baile, e é, consequentemente, uma fração de sua nova conquista; o senhor é um décimo de um amante: ou mesmo, talvez, seja porque o senhor dança bem, e a fará brilhar. Enfim, o que pode haver aí de mais lisonjeiro para o senhor na boa acolhida que ela lhe der é que ela espere que declarando como seu amante um homem de mérito como o senhor ela incitará o ciúme de suas companheiras; sem esta consideração, ela nem mesmo o olharia.

Aí se vê quem compreende a situação; será necessário resignar-se e esperar que vosso papel de marido tenha passado. – Conheço mais de um que gostaria de se livrar da situação por um preço assim tão baixo.

CAPÍTULO XXXVI

Prometi um diálogo entre minha alma e a *outra*; mas há certos capítulos que me escapam, ou antes há outros que escorrem da minha pluma, apesar de mim mesmo, e que derrotam meus projetos: deste número é o que trata da minha biblioteca, que farei o mais curto possível. – Os quarenta e dois dias vão terminar e um espaço de tempo igual não será suficiente para dar conta da rica região onde viajo agradavelmente.

Minha biblioteca é, portanto, composta por romances, já que é preciso lhes dizer – sim, romances e alguns poetas escolhidos.

Como se já não tivesse problemas suficientes, partilho ainda voluntariamente os de mil personagens imaginários, e os sinto tão vivamente quanto os meus: quantas lágrimas não verti por esta infeliz Clarissa[25] e pelo amante de Carlota.[26]

Mas se procuro assim falsas aflições, encontro, ao contrário, neste mundo imaginário, a virtude, a bondade, o desinteresse, que ainda não encontrei reunidos no mundo real onde existo. – Encontro lá uma mulher como a desejo, sem caprichos, sem leviandade, sem melindre: não digo nada sobre a beleza; podemos nos fiar em minha imaginação, eu a faço tão bela que não há nada a dizer. Em seguida, fechando o livro, que não responde mais a minhas ideias, eu a tomo pela mão e percorremos juntos uma região mil vezes mais deliciosa que o Éden. Que pintor poderia representar a paisagem encantada onde coloquei a divindade do meu coração? e que poeta poderá jamais descrever as sensações vivas e variadas que experimento nessas regiões encantadas?

Quantas vezes não maldisse este *Cleveland*,[27] que se engaja a todo instante em novas infelicidades que ele poderia evitar! – Não posso suportar este livro e este encadeamento de calamidades; mas se o abro por distração, preciso devorá-lo até o fim.

Como deixar este pobre homem na terra dos Abaquis? o que seria dele com esses selvagens? Ouso ainda menos abandoná-lo na excursão que faz para sair do seu cativeiro.

Enfim, sinto de tal forma suas penas, interesso-me de tal maneira por ele e sua desafortunada família, que a aparição inesperada dos ferozes Ruintons me deixam de cabe-

---

[25] Personagem do romance *Clarissa, or the History of a Young Lady* (1748), de Samuel Richardson, traduzido na França pelo Abbé Prevost.
[26] Personagem do *Werther* (1774), de Goëthe.
[27] *Le Philosophe Anglais ou Histoire de Monsieur Cleveland* (1739), romance do Abbé Prevost.

los arrepiados: um suor frio me cobre enquanto eu leio essa passagem, e meu medo é tão vivo, tão real como se fosse eu a ser assado e comido por esta canalha.

Quando já chorei e amei o suficiente procuro algum poeta e parto de novo para outro mundo.

CAPÍTULO XXXVII

Desde a expedição dos Argonautas até a assembleia dos Notáveis; desde o mais fundo do inferno até a última estrela fixa além da Via Láctea, até os confins do universo, até as portas do caos, esse é o vasto campo onde passeio de todas as maneiras e totalmente à vontade, porque não me falta mais que o espaço. É para lá que transporto minha existência a partir de Homero, de Milton, de Virgílio, de Ossian etc.

Todos os acontecimentos que se sucederam entre essas duas épocas, todas as regiões, todos os mundos e todos os seres que existiram entre esses dois termos, tudo é meu, tudo isso me pertence tão bem, tão legitimamente como os barcos que entravam no Pireu pertenciam a um certo ateniense.[28]

Amo sobretudo os poetas que me transportam para a mais alta Antiguidade: a morte do ambicioso Agamêmnon, os furores de Orestes e toda a história trágica da família dos Atreus, perseguidos pelo céu, me inspiram um terror que os acontecimentos modernos não fazem nascer em mim.

Vejam a urna fatal que contém as cinzas de Orestes. Quem não tremeria diante disso? Electra! Infeliz irmã, acalma-te: é o próprio Orestes quem traz a urna, e estas cinzas são as de seus inimigos!

Não encontramos mais rios parecidos com Xanto ou Escamandro; – não se veem mais campos como os da Hespéria ou da Arcádia. Onde estão hoje as ilhas de Lemnos e de

---

[28] Trasilau, personagem grego retomado por Camões em uma de suas oitavas, acreditava em sua loucura ser proprietário de todos os navios que entrassem no porto de Pireu, em Atenas.

Creta? Onde está o famoso labirinto? Onde está o rochedo que Ariane, abandonada, molhava com suas lágrimas? — Não vemos mais Teseus, Hércules menos ainda; os homens e mesmo os heróis de hoje são pigmeus.

Quando quero me dar em seguida uma cena animada e gozar de todas as forças de minha imaginação, me agarro corajosamente às dobras da veste flutuante do divino cego de Albion,[29] no momento em que ele se lança para o céu, e em que ousa se aproximar do trono do Eterno. — Que musa pôde sustentá-lo, a essa altura, onde nenhum homem antes dele tinha ousado levar seu olhar? Do ofuscante átrio celeste que o avaro Mamon olhava com seus olhos invejosos, passo com horror para as vastas cavernas onde habita Satã; — assisto ao conselho infernal, misturo-me à multidão de espíritos rebeldes e escuto seus discursos.

Mas é preciso que eu confesse aqui uma fraqueza que frequentemente me reprovei.

Não posso me impedir de dedicar algum interesse a este pobre Satã (falo do Satã de Milton) desde que ele foi expulso do céu. Mesmo condenando a opiniaticidade do espírito rebelde, asseguro que a firmeza que ele demonstra no extremo do infortúnio e a grandeza de sua coragem me forçam a admirá-lo apesar de mim mesmo. — Ainda que eu não ignore as desgraças derivadas da empresa funesta que o conduziu a empurrar a porta dos infernos para vir perturbar a relação dos nossos primeiros pais eu não posso, por mais que eu tente, desejar o momento de vê-lo perecer no caminho ante a confusão do caos. Até acredito que o ajudaria voluntariamente sem a vergonha que me detém. Sigo todos os seus movimentos e sinto tanto prazer em viajar com ele como se estivesse em boa companhia. Ainda é bom considerar que, apesar de tudo, é um diabo, que tem

---

[29] Milton, autor de *Paraíso perdido*. Albion é um nome antigo, e literário, da própria Inglaterra.

como projeto pôr a perder o gênero humano; que é um verdadeiro democrata, não como aqueles de Atenas, mas como os de Paris: mas tudo isso não me cura de minha opinião.

Que vasto projeto! E que audácia na execução!

Quando as espaçosas e tríplices portas dos infernos se abriram na sua frente, de batente a batente, e quando o profundo buraco do nada e da noite apareceu sob seus pés em todo seu horror, ele percorreu com um olhar intrépido o sombrio império do caos; e, sem hesitar, abrindo suas vastas asas, que poderiam cobrir um exército inteiro, precipitou-se no abismo.

Desafio o mais valente a tentar. E este é, para mim, um dos belos esforços da imaginação, como uma das mais belas viagens que jamais foram feitas – depois da viagem em torno do meu quarto.

CAPÍTULO XXXVIII

Não terminaria mais se quisesse descrever a milésima parte dos eventos singulares que me acontecem quando viajo perto de minha biblioteca; as viagens de Cook e as observações de seus companheiros de viagem, os doutores Banks e Solander, não são nada em comparação a minhas aventuras neste único lugar: acho também que passaria minha vida nele numa espécie de encantamento, não fosse o busto de que falei, sobre o qual meus olhos e pensamentos terminam sempre por se fixar, qualquer que seja a situação de minha alma; e, quando ela está violentamente agitada, ou quando se abandona ao desânimo, só posso olhar esse busto para recolocá-la em estado normal: é o diapasão com o qual afino o arranjo variável e discordante de sensações e percepções que formam minha existência.

Como é parecido! – Ali estão os traços que a natureza tinha dado ao mais virtuoso dos homens. Ah! se o escultor tivesse podido fazer visível sua grande alma, seu gênio e seu caráter! — Mas em que me meti? Por acaso aqui é o lugar de fazer seu elogio? É para os homens a minha volta que me dirijo? Ah! que lhes importa?

Contento-me em prostrar-me frente a tua imagem adorada, oh! o melhor dos pais! Ai de mim! esta imagem é tudo que me resta de ti e de minha pátria: deixaste a terra no momento em que o crime ia invadi-la; e tais são os males com que estes nos abatem que tua própria família é constrangida a olhar hoje a tua perda como uma benesse. Por quantos males passarias em uma vida mais longa! Ô meu pai, tu, na morada da felicidade, conheceste a sorte de tua família numerosa? Sabes que teus filhos estão exilados desta pátria que serviste durante sessenta anos com tanto zelo e integridade? Sabes que eles estão proibidos de visitar teu túmulo? — Mas a tirania não pôde arrancar-lhes a parte mais preciosa de tua herança, a lembrança de tuas virtudes e a força de teus exemplos: no meio da torrente criminosa que levava sua pátria e sua fortuna ao abismo, eles permaneceram inalteravelmente unidos sobre a linha que tu lhes tinha traçado; e, quando eles puderem de novo prostrar-se sobre tuas cinzas veneradas, estas certamente os reconhecerão.

CAPÍTULO XXXIX

Prometi um diálogo, mantenho a palavra. — Era manhã, ao nascer do dia: os raios de sol douravam ao mesmo tempo o pico do monte Viso e o das montanhas mais altas da ilha que é nossa antípoda; e *ela* já estava acordada, seja porque seu despertar prematuro foi o resultado das visões noturnas que a colocam com frequência em uma agitação tão fatigante quanto inútil; seja porque o carnaval, que estava então em seu fim, foi a causa oculta de seu despertar — esse tempo de prazer e de loucura tendo uma influência sobre a máquina humana como as fases da lua e a conjunção de certos planetas. Enfim, *ela* estava acordada e muito acordada, quando minha alma se livrou dos laços do sono.

Há muito tempo esta partilha confusamente as sensações da *outra*; mas ela estava ainda embaraçada entre os crepes da noite e do sono; e estes crepes lhe pareciam transformados em gazes, em cambraias, em musselinas. — Minha pobre alma estava então como que empacotada em todo esse aparato, e o deus do sono, para retê-la mais seguramente em seu império, ajuntou a esses laços tranças de cabelos louros em desordem, laços de fitas, colares de pérolas: era digna de piedade para quem a visse debater-se nessas redes.

A agitação da minha parte mais nobre se comunicava com a *outra*, e esta por sua vez agia fortemente sobre minha alma. — Eu tinha chegado a um estado difícil de descrever até que minha alma, enfim, seja por sagacidade, seja por acaso, encontrou a maneira de se livrar das gazes que a sufocavam. Não sei se ela encontrou uma abertura ou se ela pensou simplesmente em levantá-las, o que seria mais natural; o fato é que ela encontrou a saída do labirinto. As tranças de cabelos em desordem ainda estavam lá; mas isso não era mais um *obstáculo*, era antes um *meio*; minha alma a segurou, como um homem que se afoga se agarra aos capins do rio; mas o colar de pérolas se rompeu durante a ação, e as pérolas desfiando rolaram sobre o sofá e de lá sobre o *parquet* de Madame de Hautcastel; porque minha alma por uma bizarria cuja razão seria difícil de explicar se imaginava na casa desta dama: um grande buquê de violetas caiu no chão, e minha alma, acordando por isso, voltou para sua casa, trazendo assim a razão e a realidade. Como se imagina, ela desaprovou seriamente tudo que se tinha passado em sua ausência; e é aqui que começa o diálogo que é o assunto desse capítulo.

Minha alma nunca tinha sido tão mal recebida. As reprovações que ela considerou fazer neste momento crítico acabaram por perturbar a relação: foi uma revolta, uma insurreição formal.

— E então! — disse minha alma —, é assim que, durante minha ausência, no lugar de recuperar suas forças com um sono agradável, e tornar-se assim mais pronta para executar minhas ordens, a senhora pensa insolentemente (o termo sendo um pouco pesado) em se permitir arroubos que eu não sancionei?

Pouco acostumada a esse tom de superioridade, a *outra* replicou irritada:

— A senhora acha que lhe cai bem, *Madame* (para distanciar da discussão toda ideia de familiaridade), que lhe cai bem dar-se ares de decência e virtude? Ah! não é aos desregramentos de sua imaginação e suas ideias extravagantes que eu devo tudo que lhe desagrada em mim? Por que a senhora não estava lá? Por que a senhora teria o direito de deleitar-se sem mim, nas frequentes viagens que faz sozinha? Alguma vez desaprovei suas seções no empíreo ou nos Campos Elísios, suas conversações com os intelectuais, suas profundas especulações (um pouco de chacota, como se vê), seus castelos na Espanha, seus sistemas sublimes? E eu não teria o direito, quando a senhora me abandona assim, de me deleitar com os favores que me concede a natureza e os prazeres que ela me apresenta?

Minha alma, surpresa por tanta vivacidade e eloquência não sabia o que responder. — Para arrumar a situação, encarregou-se de cobrir com o véu da indulgência as reprovações a que *ela* tinha se permitido; e, afim de não parecer ser ela a fazer os primeiros passos para a reconciliação, considerou usar também o tom de cerimônia.

— "*Madame*" (Se o leitor achou essa palavra deslocada quando se dirigia a minha alma, que dirá agora, por pouco que queira lembrar-se do assunto dessa discussão? Minha alma não percebeu o extremo ridículo desse modo de falar, tanto a paixão obscureceu a inteligência!), disse por sua vez com uma cordialidade afetada... — "*Madame* — disse então —, eu asseguro à senhora que nada me daria tanto prazer como vê-la deleitar-se com todos os prazeres a que sua natureza é suscetível, ainda que eu não partilhe deles, se estes prazeres não lhe fossem nocivos e se eles não alterassem a harmonia que...

Aqui minha alma foi interrompida vivamente:

— Não, não, não sou mais a tola da sua suposta indulgência: a estada forçada que fazemos juntos neste quarto em que viajamos; a ferida que recebi, que quase me destruiu, e que ainda sangra; — tudo isso não é fruto do seu orgulho extravagante e de seus preconceitos bárbaros? Meu bem-estar e minha própria existência não valem nada quando suas paixões a dirigem, e a senhora pretende se interessar por mim, e que suas reprovações vêm de sua amizade?

Minha alma viu bem que não representava o melhor papel nesta ocasião: começava além disso a perceber que o calor da discussão tinha obliterado sua causa e, aproveitou a circunstância para fazer uma brincadeira: "*Faça café*", ela disse a Joannetti que entrava no quarto. — O barulho das xícaras atraíram toda a atenção da *insurgente*,[30] naquele momento ela esqueceu todo o resto. É assim que mostrando um chocalho para crianças nós as fazemos esquecer os frutos malsãos que elas pedem sapateando.

Cochilei insensivelmente enquanto a água esquentava. — Gozava do prazer encantador com que entretive meus leitores e que experimentamos quando nos sentimos adormecer. O barulho agradável que fazia Joannetti, batendo a cafeteira nos cães da lareira, ressoava em meu cérebro e fazia vibrar todas as minhas fibras sensitivas, como a vibração de uma corda de harpa faz ressoar as oitavas. — Enfim, vi

---

[30] O substantivo "insurgent" não é comum em francês, apenas o verbo. O substantivo já havia sido usado para denominar um certo grupo militar húngaro e mais tarde os grupos revoltosos americanos que se levantaram contra os ingleses.

como que uma sombra a minha frente; abri os olhos, era Joannetti. Ah! que perfume! que agradável surpresa! Café! creme! uma pirâmide de pães tostados!

Bom leitor, tome o desjejum comigo.

CAPÍTULO XL

Que tesouro rico em delícias a boa natureza entregou aos homens cujo coração sabe aproveitar! e que variedade de delícias! Quem poderia contar suas nuances inumeráveis nos diversos indivíduos e nas diferentes idades da vida? a lembrança confusa das da minha infância ainda me faz vibrar. Tentarei pintar aquelas que experimenta o homem jovem cujo coração começa a queimar com todos os fogos do sentimento? Nesta idade feliz em que ignoramos ainda até mesmo o nome do interesse, da ambição, do ódio e de todas as paixões vergonhosas que degradam e atormentam a humanidade; durante este período, ai ai!, muito curto, o sol brilha com uma luz que não encontramos mais pelo resto da vida. O ar é mais puro, as fontes são mais límpidas e mais frescas; – a natureza tem particularidades, os bosques têm atalhos que não encontramos mais na idade madura. Deus! que perfumes enviam essas flores! como esses frutos são deliciosos! com que cores a aurora se paramenta! Todas as mulheres são amáveis e fiéis; todos os homens são bons, generosos e sensíveis: em todos os lugares encontramos cordialidade, franqueza e ações desinteressadas; na natureza só existem flores, virtudes e prazeres.

As agitações do amor, a certeza da felicidade não inundam nosso coração de sensações tão vivas quanto variadas?

O espetáculo da natureza e sua contemplação como um todo e nos detalhes abrem para a razão uma imensa carreira de deleites. Logo a imaginação, planando sobre esse oceano de prazeres, aumenta o seu número e intensidade; as sensações diversas se unem e se combinam para formar novas; os sonhos da glória se misturam às palpitações do amor; a generosidade anda ao lado do amor-próprio que lhe estende a mão; a melancolia vem de tempos em tempos jogar sobre nós seu véu solene, e mudar nossas lágrimas em prazeres. Enfim, as percepções do espírito, as sensações do coração, as próprias lembranças dos sentidos são, para o homem, fontes inesgotáveis de prazeres e de felicidade.

Que não nos assustemos, portanto, com o fato de que o barulho que fazia Joannetti, batendo a cafeteira nos cães da lareira, e o aspecto inesperado de uma xícara de creme tenham gerado em mim uma impressão tão viva e tão agradável.

CAPÍTULO XLI

Pus em seguida minha *roupa de viagem*, depois de tê-la examinado com um olhar complacente; e foi então que eu resolvi fazer um capítulo *ad hoc*, para fazer o leitor conhecê-la. Sendo a forma e a utilidade destas roupas tão conhecidas de todos, eu trataria mais particularmente de sua influência sobre o espírito dos viajantes. — Minha roupa de viagem para o inverno é feita do tecido mais quente e mais macio que me foi possível encontrar; ela me envolve inteiramente da cabeça aos pés; e, quando estou na minha poltrona, as mãos nos bolsos e a cabeça afundada na gola da roupa, pareço com a estátua sem pés e sem mãos de Vishnu, que encontramos nos pagodes das Índias.

Tacharemos, se quisermos, de prejulgamento, a influência que atribuo às roupas de viagem sobre os viajantes; o que posso dizer de certo quanto a isso é que me parece tão ridículo seguir um só passo em minha viagem ao redor do meu quarto vestido com meu uniforme e com a espada ao lado quanto sair pelo mundo de roupão. — Se me visse vestido assim, seguindo todos os rigores da pragmática, não somente não estaria apto a continuar minha viagem, mas acredito que também não estaria mesmo em condições de ler o que escrevi até agora sobre ela, e menos ainda de compreendê-lo.

Mas isso o espanta? Não vemos todos os dias pessoas que se acreditam doentes porque têm a barba longa, ou porque alguém lembra de enxergar neles um ar doente e de dizer-lhes? As roupas têm tanta influência sobre o espírito dos homens que há valetudinários que se consideram melhores quando se veem de roupa nova e peruca empoada: enganam assim o público e a si mesmos com uma toalete bem cuidada; – morrem de manhãzinha, bem penteados, e sua morte choca todo mundo.

Às vezes esquecemos de avisar alguns dias antes o conde de... que ele deveria montar guarda: um caporal iria se levantar tarde, no mesmo dia em que ele deveria ficar de guarda, e anunciar-lhe esta triste notícia; mas a ideia de levantar-se em seguida, de colocar suas grevas e sair assim, sem ter pensado nisso de véspera, o incomodava de tal maneira que ele preferia mandar dizer que estava doente e que não sairia de casa. Vestia então seu roupão e mandava o barbeiro retirar-se; isso lhe dava um ar pálido, doente, que alarmava sua mulher e toda sua família. Ele era na verdade ele mesmo, *ligeiramente mal arrumado* nesse dia.

Contava a todo mundo, um pouco para sustentar o caso, um pouco também porque ele acreditava estar assim. – Insensivelmente o roupão operava sua influência: os caldos que ele tinha tomado, para bem ou para mal, lhe causaram náuseas; logo os parentes e amigos mandavam saber notícias: não precisava tanto para colocá-lo decididamente na cama.

À noite, o doutor Ranson[31] encontrava seu pulso *concentrado*, e ordenava a sangria para o dia seguinte. Se o serviço durasse um mês a mais, o doente estaria perdido.

---

[31] Médico muito conhecido em Turim quando este livro foi escrito. [N. do A.]

Quem poderia duvidar da influência das roupas de viagem sobre os viajantes, quando consideramos que o pobre conde de... pensou mais de uma vez estar fazendo a viagem para o outro mundo por ter inoportunamente colocado, neste aqui, seu roupão?

CAPÍTULO XLII

Eu estava sentado perto de minha lareira, depois do jantar, dobrado em minha *roupa de viagem* e abandonado voluntariamente a toda sua influência, esperando a hora da partida, quando os vapores da digestão, enviados ao meu cérebro, obstruíram de tal modo as passagens pelas quais as ideias se movimentam quando vêm dos sentidos, que toda comunicação se viu interceptada; da mesma maneira como meus sentidos não transmitiam mais nenhuma ideia ao meu cérebro, este, por sua vez, não podia mais enviar o fluido elétrico que os anima e com o qual o engenhoso doutor Valli[52] ressuscita as rãs mortas.

Compreende-se facilmente, depois de ter lido este preâmbulo, porque minha cabeça caía sobre meu peito, e como meus músculos do polegar e do indicador de minha mão direita, não mais ativados por esse fluido, se relaxaram até o ponto em que um volume das obras do marquês de Caraccioli,[53] que eu segurava entre esses dois dedos, escapou sem que eu percebesse e caiu na lareira.

Acabara de receber visitas, e minha conversação com as pessoas que tinham saído tinha tratado da morte do famoso médico Cigna,[54] que tinha acabado de morrer, e que era universalmente lamentado: era sábio, trabalhador, bom médico e famoso botânico. O mérito deste homem hábil ocupava meu pensamento. Entretanto, eu me dizia, se me

---
[52] Eusebio Valli (1755–1816). Médico italiano que estudou bioeletricidade.
[53] Louis-Antoine Caraccioli (1719–1803). Escritor, poeta e historiador francês.
[54] Gian Francesco Cigna (1734–1791). Médico italiano, fundador da Academia de Ciências de Turim.

fosse permitido invocar as almas de todos aqueles que ele pode ter feito passar para o outro mundo: quem sabe se sua reputação não sofreria algum revés?

Eu me encaminhava insensivelmente para uma dissertação sobre a medicina e sobre o progresso que ela fez desde Hipócrates. — Perguntava-me como seria se as personagens famosas da antiguidade que morreram em seu leito, como Péricles, Platão, a célebre Aspásia[35] e o próprio Hipócrates, mortos como pessoas comuns, de uma febre pútrida, inflamatória e verminosa, como seria se os tivéssemos sangrado e enchido de remédios.

Não será possível dizer por que eu sonhava com essas quatro personagens e não com outras. — Quem pode explicar um sonho? — Tudo que posso dizer é que foi minha alma que evocou o doutor de Kos,[36] o de Turim e o famoso homem de estado que cometeu tantas belas coisas e tantas grandes faltas.

Mas, quanto a sua elegante amiga, asseguro humildemente que foi a *outra* que lhe fez um sinal. — Entretanto, quando penso nisso, fico tentado a experimentar um pequeno movimento de orgulho; porque está claro que, neste sonho, a balança em favor da razão estava quatro a um. É muito para um militar da minha idade.

De qualquer forma, enquanto me entregava a essas reflexões, meus olhos conseguiram fechar-se e adormeci profundamente; mas, fechando os olhos, a imagem das personagens nos quais tinha pensado permaneceu pintada sobre essa tela fina que chamamos *memória* e estas imagens, misturando-se em meu cérebro com a ideia da evocação dos mortos, me fizeram chegar à fila de Hipócrates, Platão, Péricles, Aspásia e o doutor Cigna com sua peruca.

[35] Aspásia de Mileto (440 a.C.). Ateniense respeitada que participava ativamente de um círculo intelectual. Foi amante de Péricles, com quem teve um filho.
[36] Ilha onde Hipócrates fundou a sua escola de medicina.

Vi-os todos sentarem-se nos assentos ainda arrumados em torno do fogo; apenas Péricles manteve-se de pé para ler os jornais.

— Se as descobertas de que o senhor me fala são verdadeiras — dizia Hipócrates ao doutor —, e se elas tivessem sido tão úteis à medicina como o senhor pretende, teria visto diminuir o número de homens que desce cada dia ao reino sombrio, cuja lista comum, segundo os registros de Minos, que eu mesmo verifiquei, é constantemente a mesma de antigamente.

O doutor Cigna virou-se para mim:

— O senhor tem sem dúvida ouvido falar destas descobertas? — ele me disse —; conhece a de Harvey sobre a circulação do sangue; a do imortal Spallanzani sobre a digestão, da qual conhecemos agora todo o mecanismo?

E deu um longo detalhamento de todas as descobertas concernentes à medicina, e de toda a quantidade de remédios que devemos à química; fez um discurso acadêmico em favor da medicina moderna.

— Eu deveria acreditar — respondi então —, que estes grandes homens ignoram tudo que o senhor acaba de lhes dizer e que sua alma, separada dos entraves da matéria, encontra algo de obscuro em toda a natureza?

— Ah! que erro! — gritava o *protomédico*[37] do Peloponeso — os mistérios da natureza estão escondidos tanto dos mortos como dos vivos; aquele que criou e dirige tudo é o único que sabe o grande segredo que os homens em vão se esforçam para descobrir: aí está o que aprendemos de seguro nas margens do Styx; e, creia-me — ele ainda disse dirigindo a palavra ao doutor —, livre-se deste resto de espírito corporativo que o senhor trouxe para a morada dos mortais, já que os trabalhos de mil gerações e todas as descobertas dos homens não puderam alongar em um só instante

---

[37] Título muito conhecido na legislação do rei da Sardenha, o que gera aqui uma brincadeira de caráter puramente local. [N. do A.]

sua existência, já que Caronte passa cada dia em seu barco a mesma quantidade de sombras, não nos fatiguemos mais defendendo uma arte que, entre os mortos onde estamos, não seria útil nem mesmo aos médicos.

Assim falou o famoso Hipócrates, para meu grande espanto.

O doutor Cigna sorriu; e, como os espíritos não saberiam recusar as evidências nem calar a verdade, não só ele concordou com Hipócrates mas afirmou ele próprio, enrubescendo como as grandes inteligências, que ele sempre tinha duvidado.

Péricles, que tinha se aproximado da janela, soltou um grande suspiro de que adivinhei a causa. Ele lia um número do *Moniteur*, que anunciava a decadência das artes e das ciências; via sábios ilustres deixar suas sublimes especulações para inventar novos crimes; e estremecia ao ouvir uma horda de canibais comparar-se aos heróis da generosa Grécia, fazendo perecer sobre o cadafalso, sem vergonha e sem remorsos, idosos veneráveis, mulheres, crianças, e cometendo a sangue-frio os crimes mais atrozes e mais inúteis.

Platão, que tinha escutado nossa conversa sem dizer nada, vendo-a terminada de repente de uma forma inesperada, tomou por sua vez a palavra.

— Eu compreendo — ele nos disse —, como as descobertas, que seus grandes homens em todos os ramos das ciências médicas fizeram, são inúteis para a medicina, que só poderia mudar o curso da natureza às custas da vida dos homens; mas as pesquisas feitas na política tiveram resultados diferentes. As descobertas de Locke sobre a natureza do espírito humano, a invenção da imprensa, as observações feitas e acumuladas pela história, tantos livros profundos que espalharam a ciência até entre o povo; — tantas maravilhas enfim terão sem dúvida contribuído para tornar os homens melhores e a república feliz e sábia que eu tinha imaginado, e que o século em que vivia me fez olhar como um sonho impraticável, existe, sem dúvida, hoje no mundo?

A esta pergunta, o honesto doutor baixou os olhos e só respondeu com lágrimas; depois, como as enxugava com seu lenço, fez sem querer sua peruca virar, de forma que uma parte de seu rosto ficou escondida.

— Deuses imortais — disse Aspásia emitindo um grito cortante —, que estranha figura! É então uma descoberta de seus grandes homens que lhes deu a ideia de se arrumar assim com o crânio de uma outra pessoa?

Aspásia, que as dissertações dos filósofos faziam bocejar, tinha pegado um jornal de moda que estava sobre a lareira e o folheava há algum tempo, quando a peruca do médico a fez fazer essa exclamação; e, como o assento estreito e inseguro sobre o qual ela estava sentada era muito incômodo para ela, tinha colocado, sem modos, suas duas pernas nuas, ornadas de faixas, sobre a cadeira de palha que se encontrava entre ela e eu, apoiando seu cotovelo sobre um dos largos ombros de Platão.

— Não é um crânio — o doutor lhe respondeu pegando sua peruca e jogando-a no fogo —, é uma peruca, *mademoiselle*, e eu não sei por que não joguei este ornamento ridículo nas chamas do Tártaro quando cheguei até vocês: mas os ridículos e os preconceitos são tão fortemente inerentes a nossa miserável natureza que eles nos seguem ainda algum tempo além do túmulo.

Eu sentia um prazer singular ao ver o doutor abjurar assim ao mesmo tempo a medicina e sua peruca.

— Eu lhe asseguro — lhe disse Aspásia —, que a maior parte dos penteados que estão apresentados no caderno que folheio mereciam a mesma sorte que o seu, de tal maneira são extravagantes!

A bela ateniense se divertia muito percorrendo aquelas ilustrações, e se espantava com razão com a variedade e a bizarria dos costumes modernos. Uma figura entre outras a chocou: a de uma jovem dama, representada com um penteado dos mais elegantes, e que Aspásia considerou apenas um pouco alto; mas a peça de gaze que cobria a garganta era de uma amplidão tão extraordinária que se via apenas a metade do rosto... Aspásia, não sabendo que essas formas prodigiosas eram só obra de goma, não pode se impedir de evidenciar um assombro que teria sido redobrado no sentido inverso se a gaze fosse transparente.

— Mas, explique-nos — ela disse —, por que as mulheres de hoje parecem mais ter roupas para esconder-se que para vestir-se: deixam ver quando muito seu rosto, com o que, apenas, podemos reconhecer seu sexo, de tal maneira as formas dos seus corpos estão desfiguradas pelas dobras bizarras dos tecidos! De todas as figuras que estão representadas nessas folhas, nenhuma deixa a descoberto a garganta, os braços e as pernas: como seus jovens guerreiros não ficam tentados a destruir tal costume? Aparentemente — ela acrescentou —, a virtude das mulheres de hoje, que se mostra em todas as suas vestimentas, ultrapassa muita a de minhas contemporâneas?

Terminando essas palavras, Aspásia me olhou e parecia me pedir uma resposta. Fingi não perceber; e, para me dar um ar de distração, empurrava sobre a brasa, com a tenaz, os restos da peruca do doutor, que tinham escapado do incêndio. Percebendo em seguida que uma das faixas que apertavam a sandália de Aspásia estava desamarrada:

— Permita-me — eu lhe disse —, formosa dama. — E, falando assim, abaixei-me vivamente, levando minhas mãos para a cadeira onde eu acreditava ver suas duas pernas que em outros tempos fizeram grandes filósofos delirar.

Estou persuadido de que, nesse momento, chegava ao verdadeiro sonambulismo, porque esse movimento de que falo foi muito real; mas Rosine, que de fato repousava na cadeira, tomou esse movimento como para si e, saltando agilmente em meus braços, mergulhou novamente nos infernos as sombras famosas evocadas pela minha roupa de viagem.

Encantador país da imaginação, tu que o Ser benfeitor por excelência entregou aos homens para consolá-los da realidade, é preciso que eu te deixe.

É hoje que certas pessoas, das quais dependo, pretendem me devolver a liberdade, como se a tivessem tirado de mim! Como se estivesse em seu poder usurpá-la de mim um só instante e me impedir de percorrer ao meu bel-prazer o vasto espaço sempre aberto a minha frente! Impediram-me de percorrer uma cidade, um ponto; mas me deixaram o universo inteiro: a imensidade e a eternidade estão a minha disposição.

É hoje então que fico livre, ou, antes, que vou voltar para os ferros! O jugo dos afazeres vai de novo pesar sobre mim; não farei mais um passo que não seja medido pela conveniência e pelo dever. Feliz ainda se alguma deusa caprichosa não me fizer esquecer um e outro e se eu escapar deste novo e perigoso cativeiro.

Ah! por que não me deixariam terminar minha viagem! Seria para me punir que me confinaram em meu quarto? Nesta região deliciosa, que guarda todos os bens e todas as riquezas do mundo? Seria o mesmo que exilar um camundongo em um sótão.

Entretanto jamais havia percebido tão claramente que sou *duplo*. Enquanto lamento meus prazeres imaginários sinto-me consolado à força: um poder secreto me conduz; ele me diz que necessito do ar e do céu e que a solidão se parece com a morte. Eis-me paramentado; minha porta se abre; erro pelos largos pórticos da rua Pó; mil fantasmas agradáveis esvoaçam diante dos meus olhos. Sim, aí está este hotel, esta porta, esta escada; estremeço por antecipação.

É assim que sentimos antes o gosto ácido quando cortamos um limão para comer.

Ó minha besta, minha pobre besta, cuida de ti!

FIM DA VIAGEM EM VOLTA DO MEU QUARTO

EXPEDIÇÃO NOTURNA EM VOLTA DO MEU QUARTO

CAPÍTULO I

Para gerar algum interesse sobre o novo quarto em que faço uma expedição noturna, devo explicar aos curiosos como ele chegou a minhas mãos. Continuamente distraído de minhas ocupações na casa barulhenta em que morava, considerava já há muito procurar na vizinhança um retiro mais solitário até que um dia, percorrendo uma notícia biográfica sobre M. de Buffon, li que esse homem célebre tinha escolhido em seus jardins um pavilhão isolado, que não continha nenhum outro móvel além de uma poltrona e a escrivaninha na qual ele trabalhava, nem nenhuma outra obra além do manuscrito em que se empenhava.

As quimeras de que me ocupo oferecem tantas diferenças com os trabalhos imortais de M. de Buffon que o pensamento de imitá-lo, mesmo nesse ponto, não me teria sem dúvida jamais vindo ao espírito sem um incidente que o determinou. Um criado, tirando a poeira dos móveis, acreditou ver muita em uma tela pintada em pastel que eu tinha acabado de terminar, e o enxugou tão bem com um pano que conseguiu, de fato, desembaraçá-lo de toda a poeira que eu tinha arrumado lá com bastante cuidado. Depois de me ter zangado bastante com esse homem, que estava ausente, e não ter lhe dito nada quando voltou, seguindo o meu costume, coloquei-me em campanha e voltei para casa com a chave de um quartinho que tinha alugado num quinto andar da rua da Providência. Fiz transportar para lá no mesmo dia os materiais de minhas ocupações favoritas e comecei em seguida a passar lá a maior parte do meu tempo, ao abrigo do frêmito doméstico e dos limpadores de telas. Nesse reduto isolado as horas passavam por mim como se fossem minutos e mais de uma vez meus sonhos me fizeram esquecer a hora do jantar.

Ó doce solidão! Conheci os encantos com que embriaga teus amantes. Infeliz daquele que não pode estar só um dia de sua vida sem sentir o tormento do tédio e que prefere, se for preciso, conversar antes com tolos do que consigo mesmo.

Confessarei, todavia, que amo a solidão nas grandes cidades; mas, a menos que forçado por uma circunstância grave, como uma viagem em volta de meu quarto, só quero ser eremita pela manhã; à noite gosto de rever rostos humanos. Os inconvenientes da vida social e aqueles da solidão se destroem assim mutuamente, e estes dois modos de existência embelezam um ao outro.

Entretanto, a inconstância e a fatalidade das coisas deste mundo são tais que a própria vivacidade dos prazeres que eu gozaria em minha nova morada deveria ter me feito prever quão curta seria sua duração. A Revolução Francesa, que transbordava para toda parte, acabava de escalar os Alpes e se precipitava sobre a Itália. Fui arrastado pela primeira onda até Bolonha: mantive meu eremitério, para o qual fiz transportar todos os meus móveis esperando por tempos melhores. Há alguns anos não tinha pátria; descobri certo dia que estava sem emprego. Depois de passado um ano inteiro vendo homens e coisas de que não mais gostava, e desejando coisas e homens que não via mais, voltei a Turim. Era preciso tomar partido. Saí do albergue *De La Bonne Femme*, onde tinha desembarcado, na intenção de devolver meu quartinho ao proprietário e me desfazer de meus móveis.

Voltando para meu eremitério experimentei sensações difíceis de descrever: tudo tinha conservado sua ordem, o que significa a desordem na qual eu o tinha deixado. Os móveis amontoados contra as paredes tinham sido postos ao abrigo da poeira pela altura do apartamento, mas as plumas ainda estavam no tinteiro ressecado e encontrei sobre a mesa uma carta começada.

"Ainda estou em minha casa", digo-me com uma verdadeira satisfação. Cada objeto me lembrava algum acontecimento de minha vida e meu quarto estava forrado de lembranças. Em lugar de voltar para o albergue, tomei a resolução de passar a noite no meio de minhas propriedades: mandei pegarem minha mala e ao mesmo tempo planejei partir no dia seguinte, sem saudar ou me aconselhar com ninguém, abandonando-me sem reservas à Providência.

CAPÍTULO II

Enquanto fazia essas reflexões, glorificando-me por um plano de viagem bem calculado, o tempo passava e meu criado não voltava. Era um homem que a necessidade me tinha feito requisitar para meu serviço há algumas semanas, e sobre cuja fidelidade tinha levantado suspeitas. Apenas se me apresentou a ideia de que ele pudesse ter me levado a mala e corri ao albergue: foi na hora. Quando virava a esquina da rua onde se encontrava o albergue *De La Bonne Femme*, eu o vi sair precipitadamente pela porta precedido de um camareiro encarregado de minha mala. Ele próprio tinha se encarregado de meu baú e, em vez de voltar-se para o meu lado ele se encaminhava para a esquerda numa direção oposta à que devia tomar. Sua intenção tornava-se manifesta. Segui-o com cuidado e, sem dizer nada, caminhava já há algum tempo junto dele antes que percebesse. Se quiséssemos pintar a expressão de susto e temor com sua maior intensidade no rosto humano ele teria sido o modelo perfeito quando me viu a seu lado. Tive todo o tempo para fazer o estudo porque ele estava tão desconcertado pela minha aparição inesperada e com a seriedade com que eu o olhava que continuou a andar algum tempo comigo sem proferir uma palavra, como se estivéssemos passeando juntos. Enfim balbuciou o pretexto de um compromisso na rua Gran'Doire; mas eu o recoloquei no caminho correto e voltamos ao apartamento, onde eu o despedi.

Foi só então que me propus a fazer uma nova viagem pelo meu quarto, durante a última noite que deveria passar ali, e comecei no mesmo instante a me ocupar com os preparativos.

CAPÍTULO III

Há muito tempo eu desejava rever a região que tinha em outro momento percorrido tão deliciosamente, e cuja descrição não me parecia completa. Alguns amigos que o tinham experimentado pediam que eu a continuasse e eu teria me decidido sem dúvida antes se não tivesse sido separado dos meus companheiros de viagem. Voltava de mau grado para a estrada. Ai de mim! Voltava sozinho. Iria viajar sem meu querido Joannetti e sem a amável Rosine. Mesmo o meu primeiro quarto havia sofrido a mais desastrada revolução, que digo! Ele não existia mais. Seus muros faziam agora parte de um horrível barraco enegrecido pelo fogo, e todas as invenções mortíferas da guerra tinham se reunido para destruí-lo de alto a baixo.[1] A parede em que estava pendurado o quadro de *Madame* de Hautcastel tinha sido aberta por uma bomba. Enfim, se eu não tivesse, felizmente, viajado antes dessa catástrofe, os sábios dos nossos dias jamais teriam tomado conhecimento deste quarto notável. É assim que, sem as observações de Hiparco,[2] hoje ignoraríamos que havia uma estrela a mais entre as Plêiades, que desapareceu depois desse famoso astrônomo.

---

[1] Este quarto situava-se na cidade de Turim, e esta nova viagem foi realizada algum tempo depois da tomada desse lugar pelos Austro-russos. [N. do A.] A ocupação ocorreu em 26 de maio de 1799. [N. da T.]

[2] Astrônomo grego da escola de Alexandria, séc. II a.C.

Forçado pelas circunstâncias eu tinha já há algum tempo abandonado meu quarto e transportado meus pertences para um outro lugar. A infelicidade não é grande, pode-se dizer. Mas como substituir Joannetti e Rosine? Ah! isso não é possível. Joannetti tinha se tornado para mim tão necessário que a sua perda não será jamais reparada. Quem pode, de resto, esperar viver sempre com as pessoas que lhe são queridas? Como estes enxames de moscas que vemos rodopiar pelos ares durante as belas noites de verão, os homens se encontram por acaso e por bem pouco tempo. Felizes ainda se, no seu movimento rápido, tão habilmente quanto as moscas, não batem as cabeças umas contra as outras.

Uma certa noite estava para me deitar. Joannetti me servia com seu zelo de sempre e parecia mesmo mais atento. Quando trouxe a luz olhei para ele e vi uma alteração marcando sua fisionomia. Deveria, contudo, ter desconfiado que o pobre Joannetti me servia pela última vez? Não manteria o leitor com uma incerteza mais cruel que a verdade. Prefiro dizer sem meias palavras que Joannetti casou-se naquela mesma noite e me deixou no dia seguinte.

Mas que ele não seja acusado de ingratidão por ter deixado seu patrão tão bruscamente. Eu sabia das suas intenções há muito tempo e seria errado ter me oposto a isso. Numa manhã especial um oficial veio a minha casa para me dar a notícia e tive tempo, antes de rever Joannetti, de me enraivecer e de me acalmar, o que lhe economizou as reprimendas que esperava. Antes de entrar no meu quarto ele afetou uma palavra em voz alta para alguém desde o corredor, para me fazer acreditar que ele não tinha medo e, armando-se de toda a insolência que poderia penetrar em uma boa alma como a sua, apresentou-se com um ar determinado. Vi no seu rosto, naquele momento, tudo que se passava em sua alma e não fiquei aborrecido com ele. Os impertinentes de hoje em dia de tal maneira assustaram as boas pessoas sobre os perigos do casamento que um recém-casado parece com frequência um homem que acaba de sofrer uma queda assustadora sem se machucar e que está ao mesmo tempo assustado de medo e satisfação, o que lhe dá um ar ridículo. Não era, portanto, de estranhar que as ações do meu fiel servidor se ressentissem da bizarria de sua situação.

— Então está casado, meu querido Joannetti? — disse-lhe rindo.

Ele só tinha se preparado para a minha cólera de maneira que todas as suas precauções foram em vão. Voltou repentinamente a sua conduta usual e mesmo um pouco mais sensível, pois começou a chorar.

— O que o senhor quer! — ele me disse com uma voz alterada — Eu tinha dado a minha palavra!

— Ah! Por Deus! Fizeste bem, meu amigo! Que você possa ser feliz com sua mulher e com você mesmo! Que você possa ter filhos que se pareçam com você! É preciso então que nos separemos?

— Sim, senhor; contamos nos estabelecer em Asti.

Aqui Joannetti baixou os olhos com um ar embaraçado, e respondeu com os dois tons mais baixos:

— Minha mulher encontrou um condutor da sua região que está voltando com a charrete vazia e que parte hoje. Seria uma ótima ocasião; mas... entretanto... será quando aprouver ao senhor... ainda que uma ocasião como essa não se encontre facilmente.

— E então! Tão rápido? — eu lhe disse.

Um sentimento de saudade e afeição, misturado com uma forte dose de despeito, me fez guardar um instante de silêncio.

— Não, certamente — eu lhe respondi bem duramente — eu não vou retê-lo mais; parte agora mesmo, se assim está bom. Joannetti empalideceu. — Sim, parte, meu amigo, vai encontrar tua mulher; seja sempre tão bom, tão honesto como foste comigo.

Fizemos alguns arranjos, disse-lhe adeus tristemente: ele partiu.

Esse homem me tinha servido por quinze anos. Um instante nos separou. Não o revi mais.

Refletia, passeando pelo meu quarto, sobre esta brusca separação. Rosine foi com Joannetti sem que ele percebesse. Um quarto de hora mais tarde a porta se abriu, Rosine entrou. Vi a mão de Joannetti que a empurrava para dentro do quarto, a porta se fechou de novo e senti meu coração apertar... Ele já não entra em minha casa! Alguns minutos foram suficientes para fazer estranhos um para o outro dois velhos companheiros de quinze anos. Oh triste, triste condição da humanidade, não poder jamais encontrar um objeto estável sobre o qual colocar a menor das suas afeições!

CAPÍTULO IV

Rosine também então vivia longe de mim. Sabes sem dúvida, com algum interesse, minha querida Marie,[3] que com quinze anos ela era ainda o mais amável dos animais, e que a mesma inteligência superior, que a distinguia outrora de toda sua espécie, serviu-lhe igualmente para suportar o peso de sua velhice. Teria preferido não ter me separado dela, mas quando se trata do bem estar dos amigos, não devemos consultar apenas o seu prazer ou interesse? O interesse de Rosine era deixar a vida ambulante que ela levava comigo e gozar enfim em seus velhos dias de um repouso que seu mestre não esperava mais. Sua idade avançada me obrigava a mandar carregá-la. Acreditei que deveria lhe ceder a reserva.[4] Uma religiosa benfeitora se encarregou de

---

[3] Mais adiante no texto a "interlocutora" será Sophie.
[4] O autor, como militar, brinca aqui com a "aposentadoria" da sua cachorrinha.

cuidar dela pelo resto de seus dias, e eu sei que nesse retiro ela aproveitou de todas as vantagens que suas boas qualidades, sua idade e sua reputação a tinham tão justamente feito merecer.

E é tal, pois, a natureza dos homens que a felicidade parece não ser feita para eles. O amigo ofende seu amigo sem querer, e mesmo os amantes não vivem sem querelas; enfim, já que, desde Licurgo até nossos dias, todos os legisladores falharam em seus esforços para fazer os homens felizes, terei ao menos o consolo de ter feito a felicidade de um cachorro.

CAPÍTULO V

Agora que já dei a conhecer ao leitor os últimos detalhes da história de Joannetti e de Rosine, só me resta dizer uma palavra sobre a alma e a besta para estarmos perfeitamente em regra com ele. Essas duas personagens, sobretudo a última, não representarão mais um papel tão interessante na minha viagem. Um amável viajante, que seguiu a mesma carreira que eu,[5] considerou que elas devem estar fatigadas. Ai de mim! Ele tem muita razão. Não é que minha alma tenha perdido algo de sua atividade, ao menos tanto que ela possa perceber; mas suas relações com *a outra* mudaram. Esta não tem mais a mesma vivacidade nas suas réplicas, ela não tem mais... como explicar isso?... Eu ia dizer a mesma presença de espírito, como se uma besta pudesse ter disso!

De qualquer modo, e sem entrar em uma explicação embaraçosa, diria somente que, levado pela confiança que me testemunhava a jovem Alexandrine, eu lhe tinha escrito uma carta bastante terna, quando recebi uma resposta

---

[5] *Segunda viagem em volta de meu quarto*, por um anônimo; capítulo I. [N. do A.]

educada, mas fria, e que terminava, em seus próprios termos, com: "Esteja certo, *monsieur*, que conservarei sempre pelo senhor os sentimentos da mais sincera estima." – "Deus do céu!" – considerei em seguida –, "estou perdido." Desde esse dia fatal resolvi não mais propor meu sistema da alma e da besta.

Em consequência disso, sem fazer distinção entre esses dois seres e sem separá-los, eu os passarei adiante juntos, como certos mercadores suas mercadorias, e viajarei em bloco para evitar qualquer inconveniente.

CAPÍTULO VI

Seria inútil falar das dimensões do meu novo quarto. Ele se parece tanto com o primeiro que até poderíamos nos enganar numa primeira olhada, se, por uma precaução do arquiteto, o teto não se inclinasse obliquamente do lado da rua e não deixasse o telhado na direção que exigem as leis da hidráulica para o escoamento da chuva. Recebe a luz do dia por apenas uma abertura de dois pés e meio de largura por quatro pés de altura, elevada em torno de seis ou sete pés acima do chão, e a que se chega por meio de uma escadinha.

A elevação de minha janela acima do chão é uma dessas circunstâncias felizes que podem ser igualmente devidas ao acaso ou ao gênio do arquiteto. A luz quase perpendicular que ela espalhava em meu reduto lhe dava um aspecto misterioso. O antigo templo do Panteão recebe o dia mais ou menos da mesma maneira. Além disso, nenhum objeto exterior poderia me distrair. Como esses navegadores que, perdidos sobre o vasto oceano, não veem mais que o céu e o mar, eu só via o céu e meu quarto, e os objetos exteriores mais próximos sobre os quais meus olhares poderiam se colocar eram a lua ou a estrela da manhã: o que me colocava em relação imediata com o céu e dava a meus pensamentos um voo elevado que eles não teriam jamais feito se eu tivesse escolhido meu alojamento ao nível do chão.

A janela de que falei elevava-se telhado acima e formava uma belíssima lucarna. Sua altura sobre o horizonte era tão grande que quando os primeiros raios de sol vinham clareá-la a rua ainda estava em sombras. Assim eu gozava de uma das mais belas vistas que se possa imaginar. Mas a mais bela vista pode logo nos fatigar quando a vemos sempre; o olho se habitua e não fazemos mais caso dela. A situação de minha janela me preservava ainda desse inconveniente, porque jamais via o espetáculo magnífico do campo de Turim sem subir quatro ou cinco degraus, o que me proporcionava alegrias sempre vivas, pois eram moderadas. Quando, cansado, queria me dar uma agradável distração, acabava meu dia subindo a minha janela.

No primeiro degrau ainda não via nada além do céu; logo o templo colossal de La Superga[6] começava a aparecer. A colina de Turim, sobre a qual ele repousa, elevava-se pouco a pouco diante de mim, coberta de florestas e ricos vinhedos, oferecendo com orgulho ao sol poente seus jardins e seus palácios, enquanto que casas simples e modestas pareciam meio escondidas nos vales, para servir de refúgio ao sábio e favorecer suas meditações.

Colina encantadora! Muitas vezes me viste procurar teus refúgios solitários e preferir teus atalhos afastados dos passeios brilhantes da capital; viste-me com frequência perdido nos teus labirintos de verdura, atento ao canto da cotovia da manhã, o coração cheio de uma vaga inquietude e do desejo ardente de fixar-me para sempre nos teus vales encantados.

---

[6] Igreja magnífica construída pelo rei Vittorio Amedeo II, em 1706, para o cumprimento de uma promessa que ele havia feito à Virgem, se os Franceses levantassem o cerco de Turim. La Superga serve de sepultura aos príncipes da casa de Savóia. [N. do A.]

— Eu te saúdo, colina encantada! Estás pintada em meu coração! Possa o orvalho celeste fazer, se isso é possível, teus campos mais férteis e teus pequenos bosques mais densos! Possam teus habitantes gozar a paz e a felicidade e que tuas sombras lhes sejam favoráveis e salutares! Possa enfim tua terra feliz ser sempre o doce asilo da verdadeira filosofia, da modesta ciência, da amizade sincera e hospitaleira que aí encontrei!

CAPÍTULO VII

Eu comecei minha viagem precisamente às oito horas da noite. O tempo estava calmo e prometia uma bela noite. Tinha tomado minhas precauções para não ser incomodado por visitas, que são muito raras nas alturas em que morava, sobretudo nas circunstâncias em que então me encontrava, e para ficar sozinho até a meia-noite. Quatro horas seriam bastante suficientes para a execução da minha empreitada, não desejando fazer dessa vez mais que uma simples excursão em volta do meu quarto. Se a primeira viagem durou quarenta e dois dias é porque não pude decidir fazê-la mais curta. Não quis tampouco sujeitar-me a viajar muito em carro, como antes, persuadido de que um viajante a pé vê muitas coisas que escapam àquele que se move muito rápido. Resolvi então ir, alternadamente e seguindo as circunstâncias, a pé ou a cavalo: novo método que ainda não dei a conhecer e de que veremos logo a utilidade. Enfim, propus-me a tomar notas no caminho e descrever minhas observações à medida que as fizesse, para não esquecer nada.

A fim de pôr ordem em minha empreitada, e de dar-lhe uma nova chance de sucesso, achei que era preciso começar por compor uma epístola dedicatória e escrevê-la em verso para torná-la mais interessante. Mas duas dificuldades me embaraçaram e me fizeram renunciar, apesar de todas as vantagens que podia tirar disso. A primeira era saber a quem endereçaria a epístola, a segunda como iria me virar para fazer versos. Depois de ter refletido maduramente não tardei a entender que era razoável fazer primeiro a minha epístola o melhor que pudesse e procurar em seguida alguém a quem ela pudesse convir. Pus mãos à obra na mesma hora e trabalhei por mais de uma hora sem conseguir encontrar uma rima para o primeiro verso que tinha feito e que queria manter, porque me parecia muito feliz. Lembrei-me então muito a propósito de ter lido em algum lugar que o célebre Pope jamais compunha nada interessante sem ser obrigado a declamar por muito tempo em voz alta e de agitar-se em todas as direções em seu gabinete para excitar sua verve. Tentei imediatamente imitá-lo... Peguei os poemas de Ossian e os recitei em voz alta, passeando em grandes passos para me dar entusiasmo.

Vi de fato que este método exaltava pouco a pouco minha imaginação e me dava um sentimento secreto de capacidade poética de que certamente teria me aproveitado para compor com sucesso minha epístola dedicatória em verso se, infelizmente, não tivesse esquecido a obliquidade do teto do meu quarto, cujo rebaixamento rápido impediu minha testa de ir para frente tanto quanto meus pés na direção que tinha tomado. Bati com tanta força a cabeça contra essa maldita barreira que o telhado da casa foi sacudido: os pardais que dormiam sobre as telhas voaram assustados e o contragolpe me fez recuar três passos para trás.

CAPÍTULO VIII

Enquanto passeava assim para exercitar minha verve, uma jovem e bonita mulher que morava embaixo de mim, assustada com a barulheira que eu fazia, e acreditando talvez que eu oferecesse um baile em meu quarto, enviou seu marido para se informar da causa do barulho. Eu estava ainda completamente aturdido pela contusão que tinha sofrido quando a porta se abriu. Um homem de idade, com um rosto melancólico, esticou a cabeça e passeou o olhar curioso em meu quarto. Quando a surpresa de me encontrar sozinho lhe permitiu falar...

— Minha mulher está com enxaqueca, senhor — disse-me com um ar descontente. — Permita-me observar que...

Eu logo o interrompi e meu estilo se ressentiu da altura dos meus pensamentos.

— Respeitável mensageiro de minha bela vizinha — disse-lhe na linguagem dos bardos —, por que teus olhos brilham sob tuas espessas sobrancelhas, como dois meteoros na floresta negra de Cromb? Tua bela companheira é um raio de luz e eu morreria mil vezes mais cedo antes de querer incomodar seu repouso; mas teu aspecto, ó respeitável mensageiro, teu aspecto é sombrio como a abóbada mais escondida da caverna de Camora, quando as nuvens reunidas da tempestade obscurecem a face da noite e pesam sobre os campos silenciosos de Morven.[7]

O vizinho, que aparentemente jamais tinha lido os poemas de Ossian, tomou indevidamente o acesso de entusiasmo que me animava por um acesso de loucura e pareceu muitíssimo embaraçado. Como minha intenção não era, de modo algum, ofender, ofereci-lhe uma poltrona e pedi que se sentasse, mas percebi que ele se retirava cuidadosamente e se benzia dizendo a meia-voz:

— *È matto, per Bacco, è matto!*[8]

CAPÍTULO IX

Eu o deixei sair sem querer aprofundar até que ponto sua observação era fundamentada, e sentei-me na escrivaninha para tomar nota desses acontecimentos, como sempre faço; mas apenas abri uma gaveta na qual esperava encontrar papel e fechei-a bruscamente, perturbado por um

---

[7] Assim como Cromb e Camora, referências lendárias escocesas presentes nos poemas de Ossian.

[8] Está louco, por Baco, está louco!

desses sentimentos dos mais desagradáveis que podemos experimentar, o do amor-próprio humilhado. O tipo de surpresa de que fui tomado nessa ocasião se parece àquela que experimenta o viajante alterado quando, aproximando seus lábios de uma fonte límpida, percebe uma rã que o olha do fundo da água. Aquilo não era, entretanto, nada mais que o mecanismo e a carcaça de uma pomba mecânica que, a exemplo de Arquitas,[9] tinha me proposto outrora a fazer voar pelos ares. Tinha trabalhado sem descanso na sua construção durante mais de três meses. Chegado o dia do teste, coloquei-a na borda de uma mesa, depois de ter cuidadosamente fechado a porta, a fim de manter a descoberta secreta e causar uma agradável surpresa aos meus amigos. Um fio mantinha o mecanismo imóvel. Quem poderia imaginar as palpitações de meu coração e as angústias de meu amor-próprio quando aproximei a tesoura para cortar o laço fatal? ... Zap!... O mecanismo da pomba parte e se desenvolve fazendo barulho. Levanto os olhos para vê-la passar; mas, depois de ter feito algumas voltas sobre si mesma ela cai e vai se esconder sobre a mesa. Rosine, que dormia lá, se distancia tristemente. Rosine, que jamais tinha visto nem mesmo um frango, nem um pombo, nem o menor pássaro, sem atacá-los e persegui-los, não se dignou nem mesmo a olhar para minha pomba que se debatia no chão... Foi o golpe de misericórdia para meu amor-próprio.

Fui tomar ar nos arredores.

CAPÍTULO X

Tal foi a sina de minha pomba mecânica. Enquanto o gênio da mecânica a destinava a seguir a águia nos céus, o destino lhe deu as inclinações de uma toupeira.

---

[9] Arquitas de Tarento (428 a.C.–347 a.C.), matemático grego, um dos pitagóricos mais importantes, influenciou Euclides. Reputa-se que construiu uma pomba mecânica que teria voado 200m.

Passeava tristemente e desencorajado como sempre ficamos depois de uma esperança perdida, quando, levantando os olhos, distingui um grupo de grous que passava sobre minha cabeça. Parei para examiná-los. Avançavam em uma organização triangular, como a coluna inglesa na batalha de Fontenoy. Eu os via atravessar o céu de nuvem em nuvem. "Ah! como voam bem!", eu dizia baixinho, "com que segurança parecem deslizar sobre o invisível caminho que percorrem!". Confessarei? Ai de mim! Que me perdoem! O horrível sentimento da inveja uma vez, uma só vez, entrou em meu coração, e foi por causa dos grous. Persegui-os com meus olhares ciumentos até os limites do horizonte. Durante muito tempo, imóvel no meio da multidão que passeava, observei o movimento rápido das andorinhas, e me espantei por vê-las suspensas no ar, como se jamais tivesse visto este fenômeno. O sentimento de uma admiração profunda, desconhecida para mim até então, iluminava minha alma. Acreditava estar vendo a natureza pela primeira vez. Ouvia com surpresa o zunir das moscas, o canto dos pássaros, e este barulho misterioso e confuso da criação viva que celebra involuntariamente seu autor. Concerto inefável, ao qual apenas o homem tem o sublime poder de juntar inflexões de reconhecimento!

– Quem é o autor deste mecanismo brilhante? – gritava para mim mesmo nos transportes que me animavam. – Quem é aquele que, abrindo sua mão criadora, deixou escapar a primeira andorinha para os ares? Aquele que deu a ordem a essas árvores para sair da terra e estender seus ramos para o céu? E tu, que avanças majestosamente sob a sombra, criatura encantadora, cujos traços ordenam o respeito e o amor, quem te colocou sobre a superfície da terra para embelezá-la? Qual é o pensamento que desenhou tuas formas divinas, que foi forte o suficiente para criar o olhar e o sorriso da beleza inocente?... E eu mesmo, quem sente palpitar meu coração, qual é a finalidade da minha existência? O que eu sou, e de onde venho, eu, o autor da pomba mecânica centrípeta?...

Apenas tinha pronunciado esta palavra bárbara quando, voltando de repente a mim como um homem adormecido sobre quem se jogou um balde de água, percebi que muitas pessoas se tinham posto a minha volta para me examinarem, enquanto meu entusiasmo me fazia falar sozinho. Vi então a bela Georgina poucos passos à frente. A metade de sua bochecha esquerda, carregada de *rouge*, que eu entrevia através dos cachos de sua peruca loura, acabou de me pôr de novo ao corrente dos assuntos desse mundo, de que acabava de me ausentar brevemente.

CAPÍTULO XI

Desde que me refiz, um pouco, do abalo que me tinha causado a pomba mecânica, a dor da contusão que tinha recebera se fez sentir vivamente. Passei a mão sobre a testa e encontrei uma nova protuberância precisamente na parte da cabeça onde o doutor Gall localizou a protuberância poética. Depois de me ter recolhido alguns momentos para fazer um último esforço em favor de minha epístola dedicatória, peguei um lápis e pus mãos à obra. Qual foi meu espanto!... Os versos corriam de si mesmos sob minha pluma; preenchi duas páginas em menos de uma hora e concluí desta circunstância que, se o movimento era necessário à cabeça de Pope para compor versos, não era necessário mais que uma contusão para tirá-los da minha. Entretanto, não mostrarei ao leitor o que fiz depois porque a rapidez prodigiosa com que se sucedem as aventuras da minha viagem me impediu de colocar a mão neles uma última vez. Apesar dessa reticência não é de se duvidar que se olhe o acidente que me aconteceu como uma descoberta preciosa, cujo uso pelos poetas jamais seria demasiado.

Estou, na verdade, tão convencido da infalibilidade

deste novo método que, no poema em vinte e quatro cantos que compus desde então, e que será publicado com *A prisioneira de Pignerol*,[10] não considerei necessário até o presente começar os versos; mas passei a limpo quinhentas páginas de notas que formam, como se sabe, todo o mérito e o volume da maior parte dos poemas modernos.

Como sonhava profundamente com minhas descobertas, andando no meu quarto encontrei minha cama, sobre a qual caí sentado, e minha mão, achando-se por acaso caída sobre minha touca: tomei então a atitude de cobrir a cabeça e de me deitar.

CAPÍTULO XII

Estava na cama há um quarto de hora e, ao contrário do meu comum, ainda não dormia. À ideia da minha epístola dedicatória tinham sucedido reflexões mais tristes: minha luz, que estava se apagando, não projetava mais que uma claridade inconstante e lúgubre do fundo da arandela e meu quarto tinha o ar de um túmulo. Um vento abriu de repente a janela, apagou a vela e fechou a porta com violência. A tinta negra de meus pensamentos cresceu na obscuridade.

Todos os meus prazeres passados, todas as minhas penas presentes vieram fundir-se em meu coração e o encheram de tristezas e amarguras.

Ainda que faça esforços contínuos para esquecer meus sofrimentos e tirá-los de meu pensamento às vezes acontece, quando não tomo cuidado, de eles voltarem todos juntos à memória, como se lhes tivessem aberto uma eclusa. Não me resta outra coisa a fazer nessas ocasiões além de me

---

[10] O autor parece depois ter renunciado a publicar *La Prisionnière de Pignerol*, por esta obra se aproximar demais do gênero do romance. [N. do A.]

abandonar à torrente que me leva e minhas ideias tornam-se então tão negras, todos os objetos me parecem tão lúgubres que acabo sempre rindo de minha loucura, de forma que o remédio se encontra na própria violência do mal.

Estava ainda em meio a toda a força de uma dessas crises melancólicas quando uma lufada de vento que tinha aberto minha janela e fechado minha porta enquanto passava, depois de ter dado algumas outras voltas em meu quarto, folheado os livros e jogado um caderno da minha viagem no chão, entrou finalmente nas minhas cortinas e veio morrer na minha bochecha. Senti a frescura doce da noite e, considerando isso como um convite de sua parte, levantei-me em seguida e fui para minha escada gozar da calma da natureza.

CAPÍTULO XIII

O tempo estava sereno: a Via Láctea, como uma nuvem leve, dividia o céu; um doce raio partia de cada estrela para vir até mim e quando examinava uma delas aplicadamente suas companheiras pareciam cintilar mais vivamente pra chamar minha atenção.

É um encanto sempre novo para mim este de contemplar o céu estrelado, e não tenho que me repreender por ter feito uma só viagem, nem mesmo um simples passeio noturno, sem pagar o tributo de admiração que devo às maravilhas do firmamento. Ainda que sinta toda a incapacidade de meu pensamento nestas altas meditações, encontro um prazer inexprimível em me ocupar delas. Gosto de pensar que não é o acaso que conduz até meus olhos esta emanação de mundos distanciados, e cada estrela gera com sua luz um raio de esperança em meu coração. E o quê! Estas maravilhas não teriam outra relação comigo além dessa de brilhar para meus olhos? Meu pensamento que se eleva até elas e meu coração que se emociona por sua aparência lhes seriam estrangeiros?... Espectador efêmero de um espetáculo eterno, o homem levanta os olhos para o céu por um instante e os fecha para sempre; mas, durante o instante rápido que lhe é dado, de todos os pontos do céu e desde a beirada do universo, um raio consolador parte de cada mundo e vem tocar seu olhar para lhe anunciar que existe uma relação entre a imensidão e ele, e que ele está associado à eternidade.

CAPÍTULO XIV

Um sentimento ruim, entretanto, perturbou o prazer que eu experimentava deixando-me levar por essas meditações. Quão poucas pessoas, eu me dizia, aproveitam agora comigo do espetáculo sublime que o céu apresenta inutilmente para os homens adormecidos!... Ainda que não contemos com os que dormem; mas que custaria àqueles que passeiam, àqueles que saem em massa do teatro, olhar um instante e admirar as constelações reluzentes que brilham de todas as partes sobre suas cabeças? — Não, os espectadores atentos de Escapino ou de Jocrisse[11] não se dignam a levantar os olhos: vão voltar brutalmente para suas casas, ou para outro lugar, sem sonhar que o céu existe. Que bizarria!... porque podemos vê-lo sempre e de graça eles não o querem. Se o firmamento estivesse sempre coberto para nós, se o espetáculo que ele nos oferece dependesse de um empresário, os primeiros lugares sobre os telhados seriam caríssimos e as damas de Turim disputariam violentamente minha lucarna.

— Oh! Se fosse soberano de um país, eu gritava, tomado de uma justa indignação, faria a cada noite soar o toque do sino e obrigaria meus súditos de todas as idades, de todos os sexos e todas as condições a se colocarem à janela para olhar as estrelas. Aqui a Razão, que só tem no meu reino um

---

[11] Personagens de comédias teatrais, ambas da tradição da *commedia dell'arte*.

direito discutível de advertência, foi entretanto mais feliz que o comum nas representações que me propôs quanto ao édito leviano que eu queria proclamar em meus Estados.

— Senhor, ela me disse, Vossa Majestade não consideraria fazer uma exceção em favor das noites chuvosas, já que, nesse caso, o céu estando coberto...

— Muito bem, muito bem, respondi, não tinha pensado nisso: anotai uma exceção em favor das noites chuvosas.

— Senhor, acrescentou, acho que seria adequado excluir também as noites serenas, quando o frio é excessivo e a brisa sopra, já que a execução rigorosa do édito abateria vossos felizes súditos com entupimentos e catarros.

Eu começava a ver muitas dificuldades na execução de meu projeto, mas me custava desistir das decisões.

— Será necessário, eu disse, escrever para o Conselho de Medicina e à Academia de Ciências para fixar o grau centígrado do termômetro em que meus súditos poderão ser dispensados de se colocar à janela; mas eu quero, exijo absolutamente que a ordem seja executada com rigor.

— E os doentes, senhor?

— Não precisa nem dizer, que sejam excluídos: humanidade antes de tudo.

— Se não temesse fatigar Vossa Majestade, faria ainda notar que poderíamos (no caso que se julgasse adequado e que não apresentasse grandes inconvenientes) acrescentar também uma exceção em favor dos cegos, já que, sendo privados do órgão da visão...

— Pois bem, é tudo? — eu a interrompi com azedume.

— Perdão, senhor; mas e os apaixonados? O coração indulgente de Vossa Majestade poderia constrangê-los a olhar assim as estrelas?

— Está bem, está bem — diz o rei —, posterguemos isso: pensaremos nisso com a cabeça repousada. O senhor me entregará uma memória detalhada sobre isso.

Bom Deus! Bom Deus! Quanto é preciso refletir antes de emitir um édito disciplinar!

CAPÍTULO XV

As estrelas que contemplei com mais prazer jamais foram as mais brilhantes, mas as menores, aquelas que, perdidas em uma distância incomensurável, pareciam apenas pontos imperceptíveis, sempre foram minhas estrelas favoritas. A razão disso é simples: conceberemos facilmente que fazendo minha imaginação fazer o mesmo caminho por um lado de seus globos que meus olhos fazem deste aqui para chegar até elas, encontro-me levado sem esforço a uma distância aonde poucos viajantes chegaram antes de mim e me espanto, chegando lá, de estar apenas no começo deste vasto universo: porque seria, acredito, ridículo pensar que não existe uma barreira além da qual o nada começa, como se o nada fosse mais fácil de compreender que a existência! Depois da última estrela imagino ainda uma outra que não saberia também ser a última. Atribuindo limites à criação, por mais que afastados, o universo não me parece mais que um ponto luminoso, comparado à imensidade do espaço vazio que o envolve, neste assustador e sombrio nada, no meio do qual ele estaria suspenso como uma lâmpada solitária.

Aqui cobri os olhos com minhas duas mãos, para afastar-me de toda espécie de distração e dar a minhas ideias a profundidade que tal assunto exige; e, fazendo um esforço mental sobrenatural, compus um sistema do mundo, o mais completo que até agora surgiu. Aí está com todos os seus detalhes; o resultado das meditações de toda uma vida.

"Acredito que o espaço, sendo..."

Mas isso merece um capítulo à parte; e, dada a importância da matéria, será o único de minha viagem que terá um título.

CAPÍTULO XVI

SISTEMA DO MUNDO

Acredito que o espaço, sendo infinito, a criação também o é, e que Deus criou na sua eternidade um infinito de mundos na imensidão do espaço.

CAPÍTULO XVII

Confesso, entretanto, de boa fé, que não compreendo mais meu sistema que quaisquer outros sistemas desenvolvidos até hoje na imaginação dos antigos e modernos filósofos; mas o meu tem a vantagem preciosa de estar contido em quatro linhas,[12] sendo enorme como é. O leitor indulgente quererá também observar que ele foi composto inteiro no topo de uma escada. Eu o teria, entretanto, embelezado com comentários e notas se, no momento em que estava mais intensamente preocupado com meu assunto não tivesse sido distraído por sons encantadores que vieram tocar agradavelmente meus ouvidos. Uma tal voz melodiosa como jamais havia ouvido, sem excetuar até mesmo a de Zénéide, uma dessa vozes que estão sempre em uníssono com as fibras de meu coração, cantava perto de mim uma romança de que não perdi uma palavra e que não me saiu mais da memória. Ouvindo com atenção, descobri que a voz partia de uma janela mais baixa que a minha: infelizmente não podia vê-la pois a extremidade do telhado, acima do qual se elevava minha lucarna, a escondia dos meus olhos. Entretanto, o desejo de descobrir a sereia que me enfeitiçava com seus acordes aumentava com o encanto da romança, cujas palavras tocantes teriam arrancado lágrimas do ser mais insensível. Logo em seguida, não podendo mais resistir a minha curiosidade, subi até o último degrau, coloquei um pé na borda do telhado e, segurando-me por

---

[12] Considere-se, obviamente, o texto em sua publicação original.

uma mão na borda da janela, suspendi-me assim sobre a rua, arriscando cair.

Vi então sobre um balcão a minha esquerda, um pouco abaixo de mim, uma jovem mulher de *négligé* branco: sua mão sustentava sua cabeça encantadora, inclinada o suficiente para deixar entrever, à luz dos astros, um perfil muito interessante, e sua atitude parecia imaginada para apresentar completamente, para um viajante aéreo como eu, um talhe esbelto e bem proporcionado; um dos seus pés nus, jogado descuidadamente para trás, estava virado de modo que me era impossível, apesar da obscuridade, perceber suas felizes dimensões, enquanto um chinelinho, do qual ele estava separado, os determinava de forma ainda melhor a meu olho curioso. Eu a deixo a pensar, querida Sophie, qual era a intensidade de minha situação. Não ousava fazer a menor exclamação, por medo de intimidar minha vizinha, nem o menor movimento, por medo de cair na rua.

Entretanto, um suspiro me escapou apesar de minha vontade, mas consegui reprimi-lo à metade; o resto foi levado por um zéfiro que passava e tive todo o tempo para examinar a sonhadora, sustentado nessa posição perigosa pela esperança de ouvi-la ainda cantar. Mas, ai de mim! Sua romança tinha acabado e meu mau destino a fez guardar o silêncio mais teimoso. Enfim, depois de ter esperado por bastante tempo, considerei poder me arriscar a endereçar-lhe a palavra: tratava-se apenas de encontrar um cumprimento digno dela e dos sentimentos que ela me tinha inspirado. Oh! Como me arrependi de não ter terminado minha epístola dedicatória em versos! Como a teria encaixado bem nessa ocasião! Minha presença de espírito não me abandonou na necessidade. Inspirado pela doce influência dos astros e pelo desejo mais forte ainda de ter sucesso junto a uma bela, depois de ter tossido ligeiramente para preveni-la e para deixar o som de minha voz mais doce:

— O tempo está lindo esta noite —, eu lhe disse com o tom mais afetuoso que me foi possível.

CAPÍTULO XVIII

Acho que posso ouvir daqui *Madame* de Hautcastel, que não me deixa esquecer de nada, pedir contas da romança de que falei no capítulo precedente. Pela primeira vez em minha vida me encontro perante a dura necessidade de lhe recusar alguma coisa. Se eu inserisse esses versos na minha viagem não deixariam de me considerar seu autor, o que atrairia para mim, além da possibilidade de contusões, mais de um comentário maldoso que quero evitar. Continuarei então o relato de minha aventura com minha amável vizinha, aventura cuja catástrofe inesperada, assim como a delicadeza com que a conduzi, são feitas para interessar todas as classes de leitores. Mas, antes de saber o que ela me respondeu e como foi recebido o cumprimento engenhoso que eu lhe tinha endereçado, devo responder previamente a certas pessoas que se consideram mais eloquentes que eu e que me condenarão sem piedade por ter começado a conversação de uma maneira tão trivial — segundo seu julgamento. Eu lhes provarei que, se tivesse sido espirituoso nessa ocasião importante, teria infringido completamente as regras da prudência e do bom gosto. Todo homem que começa uma conversa com uma bela usando uma palavra bonita ou fazendo um cumprimento, tão lisonjeador como ele possa ser, deixa entrever as pretensões que não devem transparecer antes de começarem a ser fundadas. Além disso, se ele se faz de espirituoso, está evidente que procura brilhar e consequentemente que pensa menos em sua dama que em si mesmo. Ora, as damas querem que nos ocupemos delas e, ainda que elas não façam sempre as mesmas reflexões que acabo de escrever, possuem um sentido refinado e natural que lhes ensina que uma frase trivial, dita pelo único motivo de começar uma conversa e aproximar-se delas, vale mil vezes mais que um rasgo de espírito inspirado pela vaidade, e mais ainda (o que vai parecer bastante espantoso) que uma epístola dedicatória em versos. Além disso, ainda sustento (devido ao fato de meu sentimento ser observado como um paradoxo) que este espírito leve e brilhante da conversação não é nem mesmo necessário na relação mais duradoura, se foi verdadeiramente o coração que a formou; e, apesar de tudo que as pessoas que só amaram pela metade dizem dos longos intervalos que deixam entre eles os sentimentos vivos de amor e amizade, o dia é sempre curto quando é passado junto a sua amiga, e o silêncio é tão interessante quanto qualquer discussão.

Seja qual for minha dissertação, é certo que não vi nada de melhor para dizer, na borda do telhado onde me encontrava, que as tais palavras em questão. Apenas as tinha pronunciado e minha alma se transportou inteira ao tímpano de meus ouvidos para captar até a menor nuance de sons que eu esperava ouvir. A bela levantou a cabeça para me olhar: seus longos cabelos se soltaram como um véu e serviram de fundo para seu rosto encantador, que refletia a luz misteriosa das estrelas. Sua boca estava já entreaberta, suas palavras doces alcançavam seus lábios...

Mas, oh céu! Qual foi minha surpresa e meu terror!... Um barulho sinistro se fez ouvir:

— Que fazes lá, *madame*, a esta hora? Entra! — disse uma voz masculina e sonora do interior do apartamento.

Fiquei petrificado.

CAPÍTULO XIX

Tal deve ser o barulho que vem assustar os culpados quando abrimos de repente a sua frente as portas ardentes do Tártaro; ou tal ainda deve ser aquele que fazem, sob as abóbadas infernais, as sete cataratas do Styx,[15] de que os poetas esqueceram de falar.

CAPÍTULO XX

Um fogo-fátuo atravessou o céu nesse momento e desapareceu quase imediatamente. Meus olhos, que a claridade do meteoro tinha arrebatado por um instante, voltaram para o balcão, e só viram o chinelinho. Minha vizinha, na sua retirada precipitada, tinha esquecido de vesti-lo. Contemplei longamente este chinelinho, digno da tesoura de Praxíteles,[14] com uma emoção cuja intensidade não ousarei confessar; mas, o que poderá parecer bastante singular, e que não saberei explicar para mim mesmo, é que um encanto intransponível me impedia de desviar meu olhar, apesar de todos os esforços que fazia para levá-lo para outros objetos.

Conta-se que, quando uma serpente olha para um rouxinol, o infeliz passarinho, vítima de um encanto irresistível, é forçado a se aproximar do réptil voraz. Suas asas rápidas só lhe servem para conduzi-lo a sua perdição e cada esforço que ele faz para distanciar-se o aproxima do inimigo que o persegue com seu olhar inevitável.

Tal era o efeito desse chinelinho sobre mim, sem que, entretanto, pudesse dizer com certeza quem, o chinelinho ou eu, era a serpente, já que segundo as leis da física a atração deveria ser recíproca. É certo que esta influência funesta não era mais que um jogo de minha imaginação. Estava tão realmente e tão verdadeiramente atraído que estive por duas vezes a ponto de afrouxar a minha mão e me deixar cair. Entretanto, como o balcão para o qual queria ir não estava exatamente sob a minha janela, mas um pouco

---

[13] Rio do inferno, segundo a mitologia clássica.
[14] Escultor grego, século IV a.C. Ao lado de Fídias, um dos maiores escultores gregos.

ao lado, vi muito bem que a força da gravidade inventada por Newton, combinando-se com a atração oblíqua do chinelinho, geraria uma queda em diagonal e eu teria caído sobre uma guarita, que não me parecia, da altura onde me encontrava, ter o diâmetro maior que o de um ovo, de sorte que meu objetivo não seria alcançado...

Assim eu me segurei mais fortemente ainda à janela e, fazendo um esforço de vontade, consegui levantar meus olhos e olhar o céu.

CAPÍTULO XXI

Ficaria em dificuldades para explicar e definir exatamente a espécie de prazer que experimentava nesta circunstância. Tudo que posso afirmar é que não havia nada em comum com aquilo que tinha me feito sentir, alguns momentos antes, o aspecto da Via Láctea e do céu estrelado. Entretanto, como nas situações mais embaraçosas da minha vida sempre gostei de raciocinar sobre o que se passa em minha alma, quis nessa ocasião ter uma ideia bem clara do prazer que pode sentir um bom homem quando contempla o chinelinho de uma dama, comparado ao prazer que lhe proporciona a contemplação das estrelas. Para isso, escolhi no céu a constelação mais visível. Era, se não me engano, o trono de Cassiopeia,[15] que se encontrava sobre minha cabeça, e eu olhava alternadamente a constelação e o chinelinho, o chinelinho e a constelação. Vi então que essas duas sensações eram de natureza muito diferente: uma estava em minha cabeça enquanto a outra me parecia localizar-se na região do coração. Mas o que não confessaria sem um pouco de vergonha é que a atração que me levava para o chinelinho encantado absorvia todas as minhas faculdades.

[15] A constelação de Cassiopeia, visível a partir do hemisfério norte, apresenta um formato que lembra a letra W, e já foi chamada de Trono e de Cadeira (ou "dama da cadeira").

O entusiasmo que me tinha causado algum tempo antes o aspecto do céu estrelado só existia fragilmente, e anulou-se em seguida, quando ouvi a porta do balcão reabrir-se e percebi um pezinho, mais branco que o alabastro, avançar docemente e apossar-se do chinelinho. Quis falar; mas, não tendo tido tempo de me preparar como da primeira vez, não encontrei minha presença de espírito de sempre e ouvi a porta do balcão se fechar antes de ter imaginado qualquer coisa conveniente a dizer.

CAPÍTULO XXII

Os capítulos precedentes serão suficientes, espero, para responder vitoriosamente a uma acusação de *Madame* de Hautcastel, que não hesitou em denegrir minha primeira viagem sob o pretexto de que não houve lá ocasião para se fazer amor. Ela não poderia fazer a mesma censura a esta viagem e, ainda que minha aventura com minha amável vizinha não tenha sido levada longe, posso assegurar que encontrei ali mais satisfação que em mais de uma outra circunstância onde me tinha imaginado muito feliz, por falta de comparação. Cada um goza a vida a sua maneira; mas eu consideraria não dar o que devo à benevolência do leitor se lhe deixasse ignorar uma descoberta que, mais que qualquer outra coisa, contribuiu até aqui para minha felicidade (com a condição, de qualquer modo, de que isso fique entre nós), porque não se trata de nada menos que um novo método de fazer amor, muito mais vantajoso que o precedente, sem ter nenhum de seus numerosos inconvenientes. Sendo esta invenção especialmente destinada às pessoas que quiserem adotar minha nova maneira de viajar, acho que devo consagrar alguns capítulos a sua instrução.

CAPÍTULO XXIII

Tinha observado, no curso de minha vida, que quando estava apaixonado segundo o método comum minhas sensações jamais correspondiam a minhas esperanças e minha imaginação se via derrotada em todos os seus planos. Refletindo com atenção sobre o assunto considerei que, se me fosse possível estender o sentimento que leva ao amor individual sobre todo o sexo de que é objeto, conseguiria alegrias novas sem me comprometer de maneira nenhuma. Que reprovação, de fato, poderíamos fazer a um homem que se encontrasse de posse de um coração tão enérgico para amar todas as mulheres amáveis do universo? Sim, *madame*, eu amo a todas, e não somente aquelas que conheço, ou que espero encontrar, mas todas aquelas que existem sobre a face da terra. Mais ainda, amo a todas as mulheres que existiram e aquelas que existirão, sem contar um número bem maior ainda que minha imaginação tira do nada. Todas as mulheres possíveis enfim estão compreendidas no vasto círculo de minhas afeições.

Por que injusto e bizarro capricho fecharia um coração como o meu nas fronteiras estreitas de uma sociedade? Que digo? Por que circunscrever seu voo aos limites de um reino ou mesmo de uma república?

Sentada ao pé de um carvalho batido pela tempestade, uma jovem viúva indiana mistura seus suspiros ao barulho dos ventos furiosos. As armas do guerreiro que ela amava estão suspensas sobre sua cabeça, e o barulho lúgubre que elas fazem chocando-se umas contra as outras traz a seu coração a lembrança da felicidade vivida. Entretanto, o raio cruza as nuvens e a luz lívida dos relâmpagos se reflete em seus olhos imóveis. Enquanto a lenha que deve consumi-la se levanta, só, sem consolação, no estupor do desespero, ela espera uma morte assustadora que uma crença cruel a faz preferir à vida.

Que doce e melancólica alegria não experimenta um homem sensível aproximando-se dessa desafortunada para consolá-la. Enquanto estou sentado sobre a erva, ao lado dela, procuro dissuadi-la do horrível sacrifício e, misturando meus suspiros aos seus e minhas lágrimas a suas lágrimas, encarrego-me de distraí-la de suas dores, toda a cidade acorre à casa de madame d'A***, cujo marido acaba de morrer em um ataque de apoplexia. Resolvida também a não sobreviver a sua infelicidade, insensível às lágrimas e aos pedidos de seus amigos, ela se deixa morrer de fome; e, desde esta manhã, quando imprudentemente anunciaram-lhe esta notícia, a infeliz só comeu um biscoito e bebeu apenas um copinho de vinho de Málaga. Só dou a essa mulher desolada a mera atenção necessária para não infringir as leis de meu sistema universal, e distancio-me logo de sua casa porque sou naturalmente ciumento e não quero me comprometer com uma multidão de consoladores, muito menos com pessoas muito fáceis de consolar.

As belezas infelizes têm particularmente direitos sobre meu coração e o tributo de sensibilidade que lhes devo não enfraqueceu o interesse que dirijo às que são felizes. Esta disposição varia infinitamente meus prazeres, e me permite passar, cada vez, da melancolia à alegria e de um repouso sentimental à exaltação.

Frequentemente formo também intrigas amorosas na história antiga e apago linhas inteiras dos velhos registros do destino. Quantas vezes não parei a mão parricida de Virgínio e salvei a filha desafortunada,[16] vítima dos excessos do crime e da virtude ao mesmo tempo! Este acontecimento me enche de terror quando volta ao meu pensamento; não me espanta que tenha sido origem de uma revolução.

Espero que as pessoas razoáveis, assim como as almas caridosas, reconheçam que tratei do caso amigavelmente. E todo homem que conhece um pouco o mundo julgará como

[16] Virgínia, filha de Virgínio, importante militar romano, noiva de um ex-tribuno. Foi assassinada pelo pai que queria livrá-la de ser entregue como escrava e esposa a Ápio Cláudio, decênviro romano que a reivindicava – história narrada por Tito Lívio em seu *Ab urbe codita libri*.

eu que, se tivéssemos acreditado no decênviro, esse homem apaixonado não teria deixado de fazer justiça à virtude de Virgínia: os pais não teriam se envolvido, o pai Virgínio, no fim, teria se acalmado, e o casamento teria se dado em todas as formas requeridas pela lei.

Mas o amante infeliz abandonado, em que ele se transformou? Pois bem, o amante, que ganhou com o assassinato? Mas, já que querem apiedar-se da sua sorte, eu informo, querida Marie, que, seis meses após a morte de Virgínia ele estava não apenas consolado mas muito bem casado, e que depois de ter tido muitos filhos e perdido a sua mulher casou-se novamente, seis semanas depois, com a viúva de um tribuno do povo. Estas circunstâncias, ignoradas até nossos dias, foram descobertas e decifradas a partir de um manuscrito palimpsesto da biblioteca Ambrosiana, por um sábio arqueólogo italiano[17] – aumentaram, infelizmente, em uma página a história abominável e já muito longa da república romana.

CAPÍTULO XXIV

Depois de ter salvado a interessante Virgínia, escapo modestamente ao seu reconhecimento; e, sempre desejoso de prestar serviço às belas, aproveito da obscuridade de uma noite chuvosa e vou abrir furtivamente a tumba de uma jovem vestal que o senado romano teve a barbárie de enterrar viva, por ela ter deixado apagar-se o fogo sagrado de Vesta, ou talvez por se ter queimado levemente nele. Caminho em silêncio pelas ruas tortuosas de Roma com o encanto interior que precede as boas ações, sobretudo quando elas não se dão sem perigo. Evito com cuidado o Capitólio, por medo de despertar os gansos e, infiltrando-me através

---

[17] Ângelo Mai, filólogo italiano (1782–1854) que estudou muitos manuscritos palimpsestos e teve sucesso em muitos casos ao fazer reaparecer o texto primitivo.

dos guardas da porta da Colina, chego com êxito ao túmulo sem ser percebido.

Com o barulho que faço levantando a pedra que o cobre, a desafortunada mostra sua cabeça despenteada pela terra úmida da tumba. Eu a vejo, ao luar da lâmpada sepulcral, olhar a sua volta com um olhar esgazeado: em seu delírio a infeliz vítima crê estar já nas águas do Cocito.[18]

— Oh Minos!, ela grita, oh juiz inexorável! Eu amava, é verdade, sobre a terra, contra as leis severas de Vesta. Se os deuses são tão bárbaros quanto os homens, abre, abre para mim os abismos do Tártaro! Eu amava e amo ainda.

— Não, não, tu ainda não estás no reino dos mortos; vem, jovem desafortunada, reaparece sobre a terra! Renasce à luz e ao amor!

Enquanto isso seguro sua mão gelada pelo frio da tumba e a levanto em meus braços, seguro-a contra meu coração e a arranco enfim desse lugar horrível, palpitante de terror e reconhecimento.

Evite acreditar, *madame*, que qualquer interesse pessoal seja o móvel desta boa ação. A esperança de usar em meu favor a bela ex-vestal não entra em nada do que faço por ela porque voltaria assim ao antigo método: posso assegurar, palavra de viajante, que, todo o tempo que durou nosso passeio, desde a porta Colina até o lugar onde se encontra agora o túmulo dos Scipiones, apesar da obscuridade profunda, e mesmo nos momentos em que a fraqueza me obrigava a sustentá-la em meus braços, não deixei de tratá-la com a consideração e o respeito devidos a seus infortúnios, e entreguei-a escrupulosamente a seu amante que a esperava na estrada.

---

[18] Na mitologia grega, Cocito é o estuário dos rios do inferno.

CAPÍTULO XXV

Uma outra vez, conduzido pela minha imaginação, encontrei-me por acaso em meio ao rapto das Sabinas:[19] vi com muita surpresa que os Sabinos tomavam a questão de uma maneira bem diferente do que a história nos conta. Sem entender nada dessa confusão ofereci a minha proteção a uma mulher que fugia; e não pude me impedir de rir ao acompanhá-la quando ouvi um Sabino furioso gritar com um toque de desespero:

— Deuses imortais! Por que não levei minha mulher à festa!

CAPÍTULO XXVI

Além da metade do gênero humano à qual dedico viva afeição — eu diria, mas me acreditariam? — meu coração é dotado de uma tal capacidade de ternura que todos os seres viventes e mesmo as coisas inanimadas têm dele uma boa parte. Amo as árvores que me emprestam sua sombra, e os pássaros que pipiam sob a folhagem, e o grito noturno da coruja, e o barulho das torrentes: amo tudo... amo a lua!

Ris, *mademoiselle*; é fácil achar ridículo os sentimentos que não experimentamos; mas os corações que se parecem com o meu me compreenderão.

Sim, me apego com verdadeira afeição a tudo que está a minha volta. Amo os caminhos por onde passo, a fonte de que bebo; não me separo sem alguma pena do galho que peguei ao acaso em uma aleia: ressinto as folhas que caem e até o zéfiro que passa. Onde está agora aquele que agitava teus cabelos negros, Elisa, quando, sentada perto de mim

---

[19] Lenda que trata do início da história de Roma: as Sabinas, mulheres de uma aldeia próxima, são raptadas sob ordens de Rômulo para povoar a cidade. Conta-se que Rômulo de início simplesmente as convidou para que viessem a Roma; como elas declinaram do convite ele teria organizado uma festa para todos os Sabinos e o rapto teria se dado nesse momento.

nas margens da Dora,[20] na véspera de nossa separação, me olhavas com um silêncio triste? Onde está teu olhar? Onde está este instante doloroso e amado?

Oh Tempo!... divindade terrível! não é tua foice cruel que me assusta; só temo teus filhos horríveis, a indiferença e o esquecimento, que fazem uma longa morte de três quartos da nossa existência.

Ai de mim! esse zéfiro, esse olhar, esse sorriso estão tão longe de mim quanto as aventuras de Ariane. Só restam arrependimentos e vãs lembranças no fundo do meu coração: triste mistura sobre a qual minha vida ainda se sustenta, como um barco destruído pela tempestade flutua ainda algum tempo sobre o mar agitado...

CAPÍTULO XXVII

Até que, pouco a pouco a água se introduzindo entre as tábuas quebradas, o barco infeliz desaparece engolido pelo abismo; as ondas o recobrem, a tempestade se acalma e a andorinha do mar voa baixo sobre a superfície solitária e tranquila do oceano.

CAPÍTULO XXVIII

Eu me vejo forçado a terminar aqui a explicação de meu novo método de fazer amor, porque percebo que ele está caindo no vazio. Não será, entretanto, fora de propósito, acrescentar ainda alguns esclarecimentos sobre esta descoberta, que não convém geralmente a todo mundo nem a todas as idades. Não aconselharia a ninguém colocá-lo em uso aos vinte anos; o próprio inventor não o usava nesta altura da vida. Para tirar dele todo o proveito possível é preciso ter experimentado todos os sofrimentos da vida sem se ter desencorajado, e todas as alegrias sem se ter desgostado.

---

[20] Na província de Turim, parte da comuna de Collegno.

Questão difícil! Sobretudo útil a esta idade quando a razão nos aconselha a renunciar aos hábitos da juventude e pode servir de intermediária e de passagem insensível entre o prazer e a sabedoria. Essa passagem, como observaram os moralistas, é muito difícil. Poucos homens têm a nobre coragem de atravessá-la com distinção; e, frequentemente, depois de ter dado o passo, entediam-se do outro lado, e retornam sobre o fosso com os cabelos grisalhos e grande vergonha. É isso que eles evitarão, sem sofrimento, com a minha nova maneira de fazer amor. De fato, a maior parte de nossos prazeres não sendo outra coisa além de um jogo de imaginação, é essencial apresentar-lhe um pasto inocente para desviá-la dos objetos a que devemos renunciar, mais ou menos como quando apresentamos brinquedos às crianças enquanto lhes recusamos os doces. Desta maneira temos tempo para nos firmarmos sobre o terreno da sabedoria sem pensar já estar lá, e chegamos pelo caminho da loucura, o que facilitara singularmente seu acesso a muita gente.

Acredito então não me ter enganado no espírito de ser útil que me fez tomar da pena, e não posso mais que me defender do natural movimento de amor-próprio que poderia legitimamente sentir ao revelar aos homens tais verdades.

CAPÍTULO XXIX

Todas essas confidências, minha querida Sophie, não te deixarão esquecer, espero, a posição vergonhosa na qual me deixaste em minha janela. A emoção que o aspecto do belo pé de minha vizinha me tinha causado ainda durava e eu estava mais que nunca caído pelo perigoso encanto da pantufa, quando um acontecimento imprevisto veio me tirar do perigo em que estava de me precipitar do quinto andar sobre a rua. Um morcego que girava em torno da casa e que, vendo-me imóvel há bastante tempo, aparentemente me tomou por uma chaminé, veio de repente pousar sobre mim e agarrar-se a minha orelha. Senti em minha bochecha o horrível frescor de suas asas úmidas. Todos os ecos de Turim responderam ao grito furioso que dei sem poder me conter. As sentinelas distantes deram o "quem vem lá", e ouvi na rua a marcha precipitada de uma patrulha.

Abandonei sem muita pena a vista do balcão, que não tinha mais nenhum atrativo sobre mim. O frio da noite me tinha tomado. Um ligeiro tremor me percorreu da cabeça aos pés; e, enquanto punha meu roupão para me esquentar vi, para meu desgosto, que esta sensação de frio, junto com o insulto do morcego, tinha bastado para mudar de novo o rumo das minhas ideias. A pantufa mágica não teria nesse momento maior influência sobre mim que a cabeleira de Berenice ou qualquer outra constelação. Calculei em seguida quanto era pouco razoável passar a noite exposto às intempéries do ar, no lugar de seguir as resoluções da natureza, que nos ordena o sono. Minha razão, que nesse momento agia sozinha sobre mim, me fez perceber tudo isso comprovado como uma proposição de Euclides. Enfim fui de repente privado da imaginação e do entusiasmo e deixado sem socorro na triste realidade. Existência deplorável! Valeria a mesma coisa ser uma árvore seca em uma floresta ou um obelisco no meio de uma praça.

— São duas máquinas estranhas, gritava então para mim mesmo, a cabeça e o coração do homem! Levado por estes dois dirigentes de suas ações cada vez em direções contrárias, a última que ele segue lhe parece sempre a melhor!

— Oh loucura do entusiasmo e do sentimento! — diz a fria Razão.

— Oh fraqueza e incerteza da razão! — diz o Sentimento.

Quem poderá jamais, quem ousará decidir entre elas?

Pensei que seria bom tratar da questão na hora e decidir de uma vez por todas a qual dos dois guias era conveniente confiar-se para o resto da vida. Seguiria a partir de agora minha cabeça ou meu coração? Examinemos.

CAPÍTULO XXX

Dizendo essas palavras, percebo uma dor surda naquele pé que repousava sobre a escada. Estava, além disso, muito cansado da posição difícil em que tinha me mantido até então. Abaixei-me com cuidado para sentar e, deixando as minhas pernas se pendurarem à direita e à esquerda da janela, comecei minha viagem a cavalo. Sempre preferi, a qualquer outra, esta maneira de viajar, e amo apaixonadamente os cavalos; entretanto, de todos os que já vi, ou de que ouvi falar, o que mais ardentemente desejei possuir foi o cavalo de madeira de que se fala nas *Mil e uma noites*, sobre o qual se podia viajar pelos ares e que partia como um raio quando girávamos uma manivelinha entre suas orelhas.

Ora, poderíamos dizer que minha montaria se parecia muito com a das *Mil e uma noites*. Por sua posição, o viajante a cavalo sobre sua janela se comunica por um lado com o céu, e goza do imponente espetáculo da natureza: os meteoros e os astros estão a sua disposição; de outro, o aspecto de seu aposento e os objetos que ele contém o remetem à ideia de sua existência e o fazem entrar em si mesmo. Um só movimento da cabeça substitui a manivela encantada e é suficiente para operar uma mudança tão rápida quanto extraordinária na alma do viajante. Ora habitando a terra, ora os céus, seu espírito e seu coração percorrem todas as alegrias que ao homem é dado provar.

Pressenti antecipadamente tudo o que poderia conseguir de minha montaria. Quando me senti bem na sela e convenientemente ajeitado, certo de não ter nada a temer de ladrões ou de passos em falso de meu cavalo, considerei a ocasião muito favorável para me deixar levar pelo exame do problema que deveria resolver, quanto à preeminência da razão ou do sentimento. Mas a primeira reflexão que fiz sobre esse assunto me fez parar, sem mais.

— Seria eu o responsável por me fazer juiz em tal caso? eu me dizia em voz baixa, eu que, em minha consciência, dou de pronto ganho de causa ao sentimento? Mas, por outro lado, se excluo as pessoas cujo coração prevalece sobre a cabeça, quem poderia consultar? Um geômetra? Bah! Estas pessoas estão vendidas à razão. Para decidir este ponto, seria preciso encontrar um homem que tivesse recebido da natureza uma igual dose de razão e sentimento e que no momento da decisão estas duas faculdades estivessem perfeitamente em equilíbrio... coisa impossível! Seria mais fácil equilibrar uma república. O único juiz competente seria então aquele que não tivesse nada em comum nem com um nem com outra, um homem enfim sem cabeça e sem coração.

Este estranho resultado revoltou minha razão. Meu coração, por sua vez, protestou por não ter aí nenhuma parte. Entretanto, considerava ter raciocinado com justeza e teria, a esta ocasião, considerado da pior maneira as minhas faculdades intelectuais se tivesse refletido que, nas especulações da alta metafísica, como essa de que a questão trata, os filósofos de primeira linha foram frequentemente conduzidos por raciocínios seguidos de consequências assustadoras que influenciaram a felicidade da sociedade humana. Eu, portanto, me consolava pensando que o resultado de minhas especulações ao menos não faria mal a ninguém. Deixei a questão indecidida e resolvi, para o resto de meus dias, seguir alternadamente minha cabeça e meu coração, na medida em que um prevalecesse sobre o outro. Acredito, de fato, que é o melhor método. Não me fez fazer, na verdade, grande fortuna até aqui, eu me dizia. Não importa, eu vou, descendo o caminho rápido da vida, sem medo e sem projetos, ora rindo e ora chorando, e muitas vezes ao mesmo tempo, ou mesmo assobiando alguma velha ária pra me distrair ao longo do caminho. Outras vezes, colho uma margarida no canto de uma aleia, arranco as pétalas uma a uma dizendo:

— Ela me ama, um pouco, muito, apaixonadamente, nada.

A última me dá quase sempre *nada*. De fato, Elisa não me ama mais.

Enquanto me ocupo assim, a geração inteira de viventes passa: como uma imensa onda, ela vai logo quebrar, comigo, sobre o rio da eternidade; e, como se a tempestade da vida não fosse já suficientemente impetuosa, como se ela nos empurrasse muito lentamente às barreiras da existência, as nações em massa decapitam-se às pressas e precedem o termo fixado pela natureza. Os conquistadores, levados eles próprios pelo turbilhão rápido do tempo, divertem-se a jogar milhares de homens por terra. Ah! *Messieurs*, o que pensam? Esperem!... estas boas pessoas iriam morrer sua bela morte. Não veem a vaga que avança? já espuma perto do rio... Esperem, ainda um instante, em nome do céu; e vocês, e seus inimigos, e eu, e as margaridas, tudo isso vai acabar! Podemos nos espantar o suficiente por tal demência?

Vamos, é um ponto pacífico; daqui em diante eu mesmo não mais despetalarei margaridas.

CAPÍTULO XXXI

Depois de ter firmado uma regra de conduta prudente para o futuro, por meio de uma lógica luminosa, como vimos nos capítulos precedentes, restava-me um ponto muito importante a decidir sobre o assunto da viagem que iria fazer. Não basta, na verdade, mover-se com um carro ou a cavalo, é preciso ainda saber onde queremos ir. Eu estava tão cansado das pesquisas metafísicas de que tinha acabado de me ocupar que, antes de me decidir sobre a região do globo à qual daria preferência, quis me repousar por algum tempo sem pensar em nada. É uma maneira de existir que é também de minha invenção e que me foi frequentemente de muita utilidade; mas não é dado a todo mundo saber usá-la: porquê, se é fácil dar profundidade a suas ideias ocupando-se vigorosamente de um assunto, não é tanto parar de repente seu pensamento como se para o balanço de um pêndulo. Molière muito inadequadamente transformou em ridículo um homem que se distraía dando voltas em um poço; quanto a mim, eu me inclinaria a acreditar que este homem era um filósofo que tinha o poder de suspender a ação de sua inteligência para repousar, operação das mais difíceis que o espírito humano pode executar. Sei que as pessoas que receberam esta faculdade sem a ter desejado e que geralmente não pensam em nada me acusarão de plágio e reclamarão a prioridade da invenção; mas o estado de imobilidade intelectual de que quero falar é diferente daquele de que elas gozam e de que *monsieur* Necker[21] fez a apologia.[22] O meu é sempre voluntário e só pode ser momentâneo. Para gozar dele em toda sua plenitude, fechava os olhos apoiando-me com as duas mãos sobre a janela, como um cavaleiro fatigado se apoia sobre a maçã da sela, e logo a lembrança do passado, o sentimento do presente e a previsão do porvir aniquilaram-se em minha alma.

Como este modo de existência favorece fortemente a invasão do sono, depois de meio minuto de gozo senti que minha cabeça tombava sobre meu peito: abri os olhos no mesmo instante e minhas ideias retomaram seu curso: circunstância que prova evidentemente que a espécie de letargia voluntária de que se tratava é bem diferente do sono, já que fui acordado pelo próprio sono. Esse incidente certamente jamais ocorreu a ninguém.

---

[21] Jacques Necker (1732–1804), homem de Estado encarregado das finanças de Luís XVI.
[22] *Sur le bonheur des sots*. 1782, in-12. [N. do A.]

Elevando meus olhos para o céu, percebi a Estrela Polar sobre a cumeeira da casa, o que me pareceu de muito bom augúrio no momento em que eu ia começar uma longa viagem. Durante o intervalo de repouso de que acabava de gozar, minha imaginação tinha recuperado toda sua força e meu coração estava pronto para receber as mais doces impressões, de tal forma essa anulação passageira do pensamento pode aumentar sua energia! O fundo de angústia que minha precária situação no mundo me fazia surdamente experimentar foi substituído de repente por um vivo sentimento de esperança e de coragem; senti-me capaz de afrontar a vida e todas as chances de infortúnio ou de felicidade que ela traz consigo.

– Astro brilhante! – eu gritava no êxtase delicioso que me arrebatava – incompreensível produção do eterno pensamento! Tu que sozinho, imóvel nos céus, vela desde o dia da criação sobre uma metade da terra! Tu que diriges o navegador nos desertos do oceano e de quem um só olhar frequentemente deu a esperança e a vida ao marinheiro atormentado pela tempestade! Se jamais, quando uma noite serena me permitiu compreender o céu, deixei de te procurar entre tuas companheiras, acompanha-me, luz celeste! Ai de mim! a terra me abandona: sê hoje meu conselho e meu guia, ensina-me qual é a região do globo onde devo fixar-me!

Durante essa invocação, a estrela parecia brilhar mais vivamente e alegrar-se no céu, convidando-me a me aproximar de sua influência protetora.

Não creio absolutamente em pressentimentos; mas creio em uma providência divina que conduz os homens por meios desconhecidos. Cada instante de nossa existência é uma criação nova, um ato da vontade todo-poderosa. A ordem inconstante que produz as formas sempre novas e os fenômenos inexplicáveis das nuvens é determinada por cada instante até a menor parcela de água que nos compõe: os acontecimentos da nossa vida não saberiam ter outra causa e atribuí-los ao acaso seria o cúmulo da loucura. Posso até mesmo assegurar que algumas vezes me aconteceu entrever os fios imperceptíveis com os quais a Providência faz os maiores homens agirem como marionetes, enquanto eles se imaginam conduzidos pelo mundo; um pequeno movimento de orgulho que ela lhes sopra no coração é suficiente para fazer perecer exércitos inteiros e para virar uma nação de pernas para o ar.

De qualquer modo, acreditava tão firmemente na realidade do convite que tinha recebido da Estrela Polar que no mesmo instante me tomei de vontade de ir para o norte; e, ainda que não tivesse nenhum ponto de preferência nem algum destino determinado nessas regiões distantes, quando parti de Turim no dia seguinte saí pela porta Palatina que fica ao norte da cidade, persuadido de que a Estrela Polar não me abandonaria.

CAPÍTULO XXXII

Estava nesse ponto de minha viagem quando fui obrigado a descer precipitadamente do cavalo. Não teria me dado conta desta particularidade se não devesse, conscientemente, instruir as pessoas que gostariam de adotar esta maneira de viajar dos pequenos inconvenientes que ela apresenta, depois de lhes ter exposto as imensas vantagens.

As janelas, em geral, não tendo sido originalmente inventadas para a nova destinação que eu lhe tinha dado, foram construídas por arquitetos que negligenciaram a possibilidade de lhes dar a forma cômoda e arredondada de uma sela inglesa. O leitor inteligente compreenderá, espero, sem outra explicação, a causa dolorosa que me forçou a fazer uma parada. Desci com algum sofrimento e dei algumas voltas a pé na extensão do meu quarto para me esticar, refletindo sobre a mistura de penas e prazeres de que a vida é semeada, assim como sobre o tipo de fatalidade que faz dos homens escravos das circunstâncias mais insignificantes. Depois disso, apressei-me em remontar o cavalo, munido de uma almofada de plumas: o que não ousaria fazer alguns dias antes, de medo de ser vaiado pela cavalaria; mas, tendo encontrado, na véspera, nas portas de Turim, um grupo de Cossacos, que chegava das margens dos Palus-Meotides e do mar Cáspio, sobre almofadas parecidas, acreditei, sem transgredir as leis da equitação, que respeito bastante, poder adotar o mesmo uso.

Livre da sensação desagradável que deixei adivinhar, pude me ocupar sem inquietação do meu plano de viagem.

Uma das dificuldades que mais me incomodavam, porque falava à minha consciência, era saber se eu fazia bem ou mal ao abandonar minha pátria que tinha, por sua vez, me abandonado pela metade.[25] Tal decisão me parecia muito importante para que eu me decidisse levianamente. Refletindo sobre esta palavra pátria, percebi que eu não tinha uma ideia muito clara dela.

– Minha pátria? Em que consiste a pátria? Seria um conjunto de casas, de campos, de rios? Não acreditaria nisso. É talvez minha família, são meus amigos que constituem minha pátria? Mas eles já a deixaram. Ah! aí está, é o governo? Mas ele mudou. Bom Deus! Onde está então minha pátria?

Passava a mão em meu rosto num estado de inquietude inexprimível. O amor da pátria é tão enérgico! Os arrependimentos que eu mesmo experimentava, só de pensar em abandonar a minha, me provavam tão bem a realidade que eu teria permanecido a cavalo toda minha vida, sem descanso, antes de ter esgotado essa dificuldade.

Vi logo que o amor da pátria depende de muitos elementos reunidos, trata-se do longo hábito que o homem

---

[25] O autor servia no Piemonte quando a Savóia, onde nasceu, foi reunida à França. [N. do A.] O que ocorreu em 1792. [N. da T.]

adquire, desde a sua infância, dos indivíduos, do lugar e do governo. Tratava-se apenas de examinar em que estas três bases contribuem, cada uma em sua parte, para constituir a pátria.

O apego a nossos compatriotas, em geral, depende do governo, e não é outra coisa além do sentimento da força e da felicidade que nos dá em comum; porque o verdadeiro apego se restringe à família e a um pequeno número de indivíduos com que estamos proximamente envolvidos. Tudo que rompe o hábito ou a facilidade de se encontrar faz os homens inimigos: uma cadeia de montanhas forma de um lado e de outro transmontanos que não se toleram; os habitantes da margem direita de um rio se acreditam muito superiores aos da margem esquerda, e estes por sua vez riem de seus vizinhos. Percebe-se esta disposição mesmo nas grandes cidades divididas por um rio, apesar das pontes que unem suas margens. A diferença de linguagem afasta ainda mais os homens do mesmo governo. Enfim, mesmo a família, onde reside nossa verdadeira afeição, frequentemente está dispersa pela pátria, muda continuamente de forma e número; além disso, pode ser transportada. Não é, portanto, nem em nossos compatriotas, nem na nossa família, que absolutamente reside o nosso amor pela pátria.

A localidade contribui ao menos da mesma maneira para o apego que temos em relação ao nosso país natal. Quanto a isso há uma questão muito interessante: sempre percebemos que os montanheses são, dentre todos os povos, os que são mais apegados a seu país, e que os povos nômades habitam, geralmente, as grandes planícies. Qual pode ser a causa desta diferença no apego desses povos à localidade? Se não me engano, aí está: nas montanhas a pátria tem uma fisionomia, nas planícies não. É uma mulher sem rosto que não saberíamos amar, apesar de todas as suas boas qualidades. Que resta, de fato, de sua pátria local ao habitante de uma vila em um bosque quando, depois da passagem do inimigo, a vila é queimada e as árvores cortadas? O infeliz procura em vão, na linha uniforme do horizonte, qualquer objeto conhecido que possa lhe fornecer lembranças: não existe nenhum. Cada ponto do espaço lhe apresenta o mesmo aspecto e o mesmo interesse. Este homem é nômade pelo acontecimento, a menos que o hábito do governo o retenha; mas sua morada será aqui ou lá, não importa; sua pátria existe em todos os lugares em que o governo exerce sua ação: ele só terá meia-pátria. O montanhês se apega aos objetos que tem frente aos olhos desde sua infância e que têm formas visíveis e indestrutíveis: de todos os pontos do vale ele vê e reconhece seu campo sobre o declive da encosta. O barulho da torrente que borbulha entre os rochedos não é interrompido jamais, o atalho que conduz à vila muda de direção perto de um bloco imutável de granito. Vê em sonho o contorno das montanhas que está pintado em seu coração como depois de ter olhado longamente os vitrais de uma janela nós os vemos ainda ao fechar os olhos: o quadro gravado na sua memória faz parte dele próprio e não se apaga jamais. Enfim, as próprias lembranças se ligam à localidade, mas é preciso que ela tenha objetos cuja origem seja ignorada e de que não possamos prever o fim. Os antigos edifícios, as velhas pontes, tudo que carrega o caráter de grandeza e de longa duração, substitui em parte as montanhas na afeição das localidades; os monumentos da natureza têm, entretanto, mais força sobre o coração. Para dar a Roma uma designação digna dela, os orgulhosos Romanos a chamaram de *a cidade das sete colinas*. O hábito adquirido não pode jamais ser destruído. O montanhês, na idade madura, não se afeiçoa mais às localidades de uma grande cidade, e o habitante das cidades não saberia se tornar um montanhês. Daí vem talvez o fato de que um dos maiores escritores dos nossos dias,[24] que pintou

---

[24] Chateaubriand.

com gênio os desertos da América, achou os Alpes mesquinhos e o Mont Blanc consideravelmente pequeno demais.

A parte do governo é evidente: ele é a primeira base da pátria. É ele que produz a ligação recíproca entre os homens e que torna mais enérgica aquela que eles dedicam naturalmente à localidade; somente ele, pelas lembranças de felicidade ou de glória, pode ligá-los ao solo que os viu nascer.

O governo é bom? A pátria está com toda sua força. Torna-se vicioso? A pátria está doente. Muda? Ela morre. É então uma nova pátria, e cada um é responsável por adotá-la ou escolher uma outra.

Quando, segundo Temístocles, toda a população de Atenas deixou essa cidade, os atenienses abandonaram sua pátria ou a levaram junto com eles nos seus navios?

Quando Coriolano...

Bom Deus! Em que discussão me engajei! Esqueço que estou a cavalo em minha janela.

CAPÍTULO XXXIII

Tinha uma velha parenta muito espirituosa cuja conversação era das mais interessantes; mas sua memória, inconstante e fértil alternadamente, a fazia passar frequentemente de episódios em episódios e de digressões em digressões, ao ponto de ser obrigada a implorar socorro aos ouvintes:

— O que mesmo eu queria contar a vocês? — dizia ela, e muitas vezes os ouvintes tinham esquecido, o que colocava todo mundo em um embaraço inexprimível.

Ora, pudemos perceber que o mesmo acidente me acontece com frequência em minhas narrações, e eu devo de fato convir em que o plano e a ordem da minha viagem estão exatamente calcados sobre a ordem e o plano das conversações de minha tia. Mas não peço ajuda a ninguém, porque percebi que meu assunto vem de si mesmo e no momento em que menos espero.

CAPÍTULO XXXIV

As pessoas que não aprovarem minha dissertação sobre a pátria devem estar prevenidas de que, já há algum tempo, o sono se apoderou de mim, apesar dos esforços que fiz para combatê-lo. Não estou, entretanto, muito certo agora se adormeci realmente e se as coisas extraordinárias que vou contar foram o efeito de um sonho ou de uma visão sobrenatural.

Vi descer do céu uma nuvem brilhante que se aproximou de mim pouco a pouco e que recobriu, como se com um véu transparente, uma jovem de vinte e dois a vinte e três anos. Procurei em vão expressões para descrever o sentimento que seu aspecto me fez experimentar. Sua fisionomia, brilhando de bondade e benevolência, tinha o charme das ilusões da juventude e era doce como os sonhos de um porvir; seu olhar, seu sorriso tranquilo, todos os seus traços enfim, realizavam a meus olhos o ser ideal que meu coração procurava há tanto tempo e que tinha desistido de encontrar.

Enquanto a contemplava em um êxtase delicioso, vi brilhar a Estrela Polar entre os cachos de sua cabeleira negra que o vento norte levantava e no mesmo instante palavras consoladoras se fizeram ouvir. Que digo? Palavras! Era a expressão misteriosa do pensamento celeste que desvelava o futuro à minha inteligência, enquanto meus sentidos estavam acorrentados pelo sono; era uma profética comunicação do astro favorável que eu acabava de invocar e que eu vou procurar exprimir em uma língua humana.

– Tua confiança em mim não será desapontada – dizia uma voz cujo timbre se parecia com o som das harpas eólias.[25] — Olha, aí está o campo que te reservei; aí o bem ao qual de forma vã aspiram os homens que pensam que a felicidade é um cálculo e que pedem à terra o que só podem obter do céu.

A estas palavras o meteoro reentrou na profundeza dos céus, a divindade aérea se perdeu nas brumas do horizonte; mas, distanciando-se, jogou sobre mim olhares que encheram meu coração de confiança e esperança.

Logo, ardendo por segui-la, piquei com toda minha força e, como tinha esquecido de pôr as esporas, bati o calcanhar direito contra o ângulo de uma telha com tanta violência que a dor me acordou em um sobressalto.

CAPÍTULO XXXV

Esse acidente teve uma serventia real para a parte geológica de minha viagem, porque me deu a ocasião de conhecer exatamente a altura de meu quarto acima das camadas de aluvião que formam o solo sobre o qual está construída a cidade de Turim.

Meu coração palpitava fortemente e acabava de contar três batimentos e meio desde o instante em que tinha picado meu cavalo, quando ouvi o barulho de meu chinelo que tinha caído na rua, o que, cálculo feito sobre o tempo que levam os corpos pesados em sua queda acelerada, e do que tinha empregado as ondulações sonoras do ar para vir da rua até minha orelha, determinou a altura de minha janela em noventa e quatro pés, três linhas e dois décimos de linha desde o nível da pavimentação de Turim, supondo que meu coração agitado pelo sonho batia cento e vinte vezes por minuto, o que não pode estar muito longe da verdade. Depois de ter falado do interessante chinelinho de

---

[25] Instrumento de cordas que é tocado pelo vento, sem contar com um executante.

minha bela vizinha só através da relação com a ciência ousei mencionar o meu; também previno que esse capítulo não é absolutamente feito para os sábios.

CAPÍTULO XXXVI

A brilhante visão de que acabava de desfrutar me fez sentir mais vivamente, quando acordado, todo o horror do isolamento em que me encontrava. Passeei meu olhar em volta de mim e não vi mais que telhados e chaminés. Ai de mim! Suspenso no quinto andar entre o céu e a terra, envolvido por um oceano de arrependimentos, desejos e inquietudes, só me prendia à existência por uma incerta luz de esperança: apoio fantástico de que tinha frequentemente provado a fragilidade! A dúvida voltou logo a meu coração mortificado pelas decepções da vida, e acreditei firmemente que a Estrela Polar se tinha rido de mim. Desconfiança injusta e culpável, pela qual o astro me puniu com dez anos de espera! Oh! Se tivesse podido prever então que todas estas promessas seriam cumpridas e que eu encontraria um dia sobre a terra o ser adorado cuja imagem eu só tinha entrevisto no céu! Cara Sophie, si tivesse sabido que minha felicidade excederia todas as minhas esperanças!...

Mas não é preciso antecipar os acontecimentos: volto ao meu assunto, não desejando inverter a ordem metódica e severa à qual me submeti na redação de minha viagem.

CAPÍTULO XXXVII

O relógio do campanário de San Fillipo soou meianoite lentamente. Contei cada batida, uma depois da outra, e a última me arrancou um suspiro. "Aí está então, digo para mim mesmo, um dia que vem destacar-se da minha vida; e, embora as vibrações decrescentes do som do bronze vibrassem ainda em minha orelha, a parte de minha viagem que precedeu a meia-noite está já tão longe de mim quanto a viagem de Ulisses ou a de Jasão. Neste abismo do passado os instantes e os séculos têm a mesma duração. E o porvir será mais real?" São dois nadas entre os quais me encontro em equilíbrio como sobre o fio de uma lâmina. Na verdade o tempo me parece algo inconcebível em si, algo que eu estaria tentado a crer que não existe realmente e que o que nomeamos assim não é nada além de uma punição do pensamento.

Alegrava-me ter encontrado essa definição do tempo, tão tenebrosa quanto o próprio tempo, quando um outro relógio soou meia-noite, o que me deu um sentimento desagradável. Resta-me sempre um fundo de humor quando estou inutilmente ocupado com um problema insolúvel e achei muito deslocada essa segunda advertência do sino a um filósofo como eu. Mas experimentava, decididamente, um verdadeiro desapontamento alguns segundos depois quando ouvi ao longe um terceiro sino, o do convento dos Capuchinhos, situado do outro lado do rio Pó, soar, como por malícia, ainda meia-noite.

Quando minha tia chamava a uma antiga criada de quarto, a quem ela se afeiçoara muito embora fosse rabugenta, não se contentava, em sua impaciência, em soar uma vez, mas puxava sem descanso o cordão da campainha até que ela aparecesse.

– Venha logo, *mademoiselle* Blanchet!

E esta, descontente de se ver assim pressionada, vinha lentamente e respondia com muito azedume antes de entrar no salão:

– Já vai, *madame*, já vai!

Tal foi também o sentimento que experimentei quando ouvi o sino indiscreto dos Capuchinhos soar meia-noite pela terceira vez.

– Eu sei – gritei, estendendo as mãos para o lado do relógio –, sim, eu sei que é meia-noite: sei até demais!

É, não há dúvida, foi por um conselho insidioso do espírito malévolo que os homens encarregaram esta hora de dividir seus dias. Fechados em suas habitações, dormem ou se divertem, enquanto ela corta um fio de sua existência: no dia seguinte levantam-se alegremente sem nem cogitar que têm um dia a mais. Em vão a voz profética do bronze lhes anuncia a aproximação da eternidade, em vão ela lhes repete tristemente cada hora que acaba de escorrer; eles não ouvem nada, ou, se ouvem, não compreendem. Oh meia-noite!... Hora terrível!

Não sou supersticioso, mas esta hora me inspira sempre uma espécie de temor e tenho o pressentimento de que, se vier a morrer, será à meia-noite. Morrerei, portanto, um dia! Como?! Morrerei? Eu que falo, eu que me sinto e me toco, poderei morrer? Tenho alguma dificuldade em acreditar nisso: porque enfim, nada mais natural que os outros morram, vemos isso todos os dias. Nós os vemos passar, habituamo-nos a isso, mas morrer eu mesmo! Morrer em pessoa! É um pouco difícil. E vocês, senhores, que tomam essas reflexões por algaravias, aprendam que esta é a maneira de pensar em todo o mundo, e a sua própria também. Ninguém pensa que deve morrer. Se existisse uma raça de homens imortais a ideia da morte os assustaria mais que a nós.

Há nisso algo que não me explico. Como pode que os homens, sem cessar agitados pela esperança e pelas quimeras do porvir, se inquietem tão pouco pelo que este porvir lhes oferece de certo e inevitável? Não seria a própria natureza benfazeja que nos teria dado essa feliz despreocupação para que possamos cumprir em paz nosso destino? Acredito de fato que podemos ser um homem muito bom sem ajuntar aos males reais da vida esta inclinação do espírito que leva às reflexões lúgubres e sem perturbar a imaginação com negros fantasmas. Enfim, acho que é preciso se permitir o riso, ou ao menos o sorriso, todas as vezes que a ocasião inocente se apresenta.

Assim acaba a meditação que me tinha inspirado o relógio de San Fillipo. Eu a teria levado mais longe se não tivesse me aparecido certo escrúpulo sobre a severidade da moral que acabava de estabelecer. Mas, não querendo aprofundar esta dúvida, assobiei a ária das *Folies d'Espagne*,[26] que tem a propriedade de mudar o curso das minhas ideias quando elas caminham mal. O efeito foi tão imediato que terminei na mesma hora meu passeio a cavalo.

CAPÍTULO XXXVIII

Antes de entrar em meu quarto dei uma olhada na cidade e nos campos escuros de Turim, que eu ia deixar talvez para sempre, e lhes enderecei minhas últimas despedidas. Jamais a noite me pareceu tão bela, jamais o espetáculo que tinha sob os olhos tinha me interessado tão vivamente. Depois de ter saudado a montanha e o templo de La Superga, descansei dos passeios, dos campanários, de todos os objetos conhecidos de que jamais teria imaginado sentir tanta falta, e do ar e do céu, e do rio, cujo murmúrio surdo parecia responder às minhas despedidas. Oh! Se eu soubesse pintar o sentimento, alternadamente terno e cruel, que enchia o meu coração e todas as lembranças que apareciam a minha volta, da mais bela metade da minha vida já vivida, como diabinhos, para me reter em Turim! Mas, ai de mim! As lembranças da felicidade passada são rugas na alma! Quando somos infelizes é preciso expulsá-las do pensamento como a fantasmas debochados que vêm insultar nossa situação presente: é então mil vezes melhor abandonar-se às ilusões enganadoras da esperança e sobretudo é preciso fazer cara boa à má sorte e preservar-se de fazer confidência de suas infelicidades a alguém. Percebi, nas

---

[26] Música de Marin Marais, bastante popular durante o século XVIII.

viagens comuns que fiz entre os homens que de tanto sermos infelizes acabamos nos tornando ridículos. Nestes momentos assustadores, nada é mais conveniente que a nova maneira de viajar de que lemos a descrição. Fiz então uma experiência decisiva: não somente alcancei esquecer o passado, mas ainda tomei posição sobre as penas presentes. "O tempo as levará – digo a mim mesmo para me consolar –, ele leva tudo e não esquece nada em sua passagem, e mesmo se tentamos pará-lo, mesmo se o empurramos, com o ombro, como se diz, nossos esforços são igualmente vãos e não mudam nada de seu curso invariável."

Ainda que eu geralmente me inquiete muito pouco por sua rapidez, há tais circunstâncias, tais filiações de ideias que me fazem recordar de uma maneira intensa. É quando os homens se calam, quando o demônio do barulho está mudo no meio de seu templo, no meio de uma cidade adormecida, é então que o tempo eleva sua voz e se faz ouvir em minha alma. O silêncio e a obscuridade tornam-se seus intérpretes e me desvelam sua marcha misteriosa, não é mais um ser de razão que só pode se apoderar de meu pensamento, mesmo meus sentidos o percebem. Eu o vejo no céu caçando à sua frente as estrelas do ocidente. Aí está empurrando os rios para o mar, as névoas ao longo da colina... Escuto: os ventos gemem sob o esforço de suas asas rápidas; e o sino distante treme a sua passagem terrível.

"Aproveitemos, aproveitemos o seu curso – eu gritava para mim mesmo. – Quero empregar utilmente os instantes que ele vai levar de mim."

Querendo tirar partido desta boa resolução, no mesmo instante em que me inclinava para frente para me lançar corajosamente na corrida, fazendo com a língua um certo estalo que desde sempre foi destinado a impelir os cavalos, mas que é impossível escrever segundo as regras da ortografia: gh! gh! gh! e terminei minha excursão a cavalo com uma galopada.

CAPÍTULO XXXIX

Erguia meu pé direito para descer quando senti bater fortemente no ombro. Dizer que não fiquei assustado seria trair a verdade e esta é a ocasião de mostrar e provar ao leitor, sem muita vaidade, o quanto seria difícil a qualquer outro que não eu executar uma tal viagem. Supondo ao novo viajante mil vezes mais meios e talento para a observação do que eu jamais tenha tido, poderia ele gabar-se de encontrar aventuras tão singulares e também tão numerosas que as que me aconteceram no espaço de quatro horas e que estão evidentemente ligadas ao meu destino? Se alguém duvida, que tente adivinhar quem me bateu no ombro!

No primeiro momento do meu susto, não refletindo sobre a situação em que me encontrava, acreditei que meu cavalo tinha escoiceado ou que ele me tinha arremessado contra uma árvore. Deus bem sabe quantas ideias funestas se apresentaram para mim durante o curto espaço de tempo que levei para virar a cabeça e olhar para o meu quarto. Vi então, como acontece com frequência com as coisas que parecem ser as mais extraordinárias, que a causa de minha surpresa era completamente natural. A mesma lufada de vento que, no começo da minha viagem, tinha aberto minha janela e fechado minha porta ao passar, e de que uma parte tinha escorregado entre as cortinas do meu leito, voltava agora ao meu quarto com barulho: abriu bruscamente a porta e saiu pela janela, empurrando a vidraça contra meu ombro, o que me causou a surpresa de que acabo de falar.

Lembramos que foi pelo convite que esse golpe de vento tinha me trazido que eu tinha deixado minha cama. O empurrão que eu acabava de receber era evidentemente um convite para entrar, o qual me considerei obrigado a aceitar.

É belo, sem dúvida, estar assim em uma relação familiar com a noite, o céu e os meteoros, e saber tirar partido de sua influência. Ah! as relações que somos forçados a ter com os homens são bem mais perigosas! Quantas vezes não tenho sido logrado em minha confiança nesses senhores! Falava disso aqui em uma nota que suprimi – porque ela ficou mais longa que o texto inteiro, o que teria alterado as justas proporções de minha viagem, cujo pequeno volume é seu maior mérito.

FIM DA EXPEDIÇÃO NOTURNA

TÍTULOS PUBLICADOS

1. *Iracema*, Alencar
2. *Don Juan*, Molière
3. *Contos indianos*, Mallarmé
4. *Auto da barca do Inferno*, Gil Vicente
5. *Poemas completos de Alberto Caeiro*, Pessoa
6. *Triunfos*, Petrarca
7. *A cidade e as serras*, Eça
8. *O retrato de Dorian Gray*, Wilde
9. *A história trágica do Doutor Fausto*, Marlowe
10. *Os sofrimentos do jovem Werther*, Goethe
11. *Dos novos sistemas na arte*, Maliévitch
12. *Mensagem*, Pessoa
13. *Metamorfoses*, Ovídio
14. *Micromegas e outros contos*, Voltaire
15. *O sobrinho de Rameau*, Diderot
16. *Carta sobre a tolerância*, Locke
17. *Discursos ímpios*, Sade
18. *O príncipe*, Maquiavel
19. *Dao De Jing*, Laozi
20. *O fim do ciúme e outros contos*, Proust
21. *Pequenos poemas em prosa*, Baudelaire
22. *Fé e saber*, Hegel
23. *Joana d'Arc*, Michelet
24. *Livro dos mandamentos: 248 preceitos positivos*, Maimônides
25. *O indivíduo, a sociedade e o Estado, e outros ensaios*, Emma Goldman
26. *Eu acuso!*, Zola | *O processo do capitão Dreyfus*, Rui Barbosa
27. *Apologia de Galileu*, Campanella
28. *Sobre verdade e mentira*, Nietzsche
29. *O princípio anarquista e outros ensaios*, Kropotkin
30. *Os sovietes traídos pelos bolcheviques*, Rocker
31. *Poemas*, Byron
32. *Sonetos*, Shakespeare
33. *A vida é sonho*, Calderón
34. *Escritos revolucionários*, Malatesta
35. *Sagas*, Strindberg
36. *O mundo ou tratado da luz*, Descartes
37. *O Ateneu*, Raul Pompéia
38. *Fábula de Polifemo e Galatéia e outros poemas*, Góngora
39. *A vênus das peles*, Sacher-Masoch
40. *Escritos sobre arte*, Baudelaire
41. *Cântico dos cânticos*, [Salomão]
42. *Americanismo e fordismo*, Gramsci
43. *O princípio do Estado e outros ensaios*, Bakunin

44. *O gato preto e outros contos*, Poe
45. *História da província Santa Cruz*, Gandavo
46. *Balada dos enforcados e outros poemas*, Villon
47. *Sátiras, fábulas, aforismos e profecias*, Da Vinci
48. *O cego e outros contos*, D.H. Lawrence
49. *Rashômon e outros contos*, Akutagawa
50. *História da anarquia (vol. 1)*, Max Nettlau
51. *Imitação de Cristo*, Tomás de Kempis
52. *O casamento do Céu e do Inferno*, Blake
53. *Cartas a favor da escravidão*, Alencar
54. *Utopia Brasil*, Darcy Ribeiro
55. *Flossie, a Vênus de quinze anos*, [Swinburne]
56. *Teleny, ou o reverso da medalha*, [Wilde et al.]
57. *A filosofia na era trágica dos gregos*, Nietzsche
58. *No coração das trevas*, Conrad
59. *Viagem sentimental*, Sterne
60. *Arcana Cœlestia e Apocalipsis revelata*, Swedenborg
61. *Saga dos Völsungos*, Anônimo do séc. XIII
62. *Um anarquista e outros contos*, Conrad
63. *A monadologia e outros textos*, Leibniz
64. *Cultura estética e liberdade*, Schiller
65. *A pele do lobo e outras peças*, Artur Azevedo
66. *Poesia basca: das origens à Guerra Civil*
67. *Poesia catalã: das origens à Guerra Civil*
68. *Poesia espanhola: das origens à Guerra Civil*
69. *Poesia galega: das origens à Guerra Civil*
70. *O chamado de Cthulhu e outros contos*, H.P. Lovecraft
71. *O pequeno Zacarias, chamado Cinábrio*, E.T.A Hoffmann
72. *Tratados da terra e gente do Brasil*, Fernão Cardim
73. *Entre camponeses*, Malatesta
74. *O Rabi de Bacherach*, Heine
75. *Bom Crioulo*, Adolfo Caminha
76. *Um gato indiscreto e outros contos*, Saki
77. *Viagem em volta do meu quarto*, Xavier de Maistre
78. *Hawthorne e seus musgos*, Melville
79. *A metamorfose*, Kafka
80. *Ode ao Vento Oeste e outros poemas*, Shelley

Edição _ Bruno Costa
Co-edição _ Iuri Pereira e Jorge Sallum
Capa e projeto gráfico _ Júlio Dui e Renan Costa Lima
Imagem de capa _ Detalhe de *Quarto em Arles* (1889), de Vincent van Gogh
Programação em LaTeX _ Marcelo Freitas
Assistência editorial _ Bruno Domingos e Thiago Lins
Colofão _ Adverte-se aos curiosos que se imprimiu esta obra nas oficinas da gráfica Vida&Consciência em 14 de janeiro de 2016, em papel off-set 90 gramas, composta em tipologia Walbaum Monotype de corpo oito a treze e Courier de corpo sete, em plataforma Linux (Gentoo, Ubuntu), com os softwares livres LaTeX, DeTeX, vim, Evince, Pdftk, Aspell, svn e trac.